蔡文甫作品集 13

成長的故事

蔡文甫——著

寫的是全世界相通的人性

——蔡文甫談《成長的故事》

編　者

編者：這本書定名為《成長的故事》有特別的涵意嗎？收錄〈希望〉一文是您創作生涯中第一篇發表的作品，似乎可看出一些端倪。

作者：這本小說集，可以說是在寫作過程中，從不斷練習，嘗試各種寫作方式的成長過程。曾經自我要求，希望每一篇小說的形式、技巧、描繪方法都不一樣。如〈相親宴〉、〈犧牲〉，是用小小說的手法，結尾出現高潮，而〈綠衣使者的獨白〉，夾敘夾議，時空、對話混淆的方式，描繪自己的鬱悶、挫折……和一般的寫作技巧不同。而用作書名的這篇小說中的男童，在家中常以為後母把他當成「額外人員」，在一次暴風雨中發現自己想法錯誤，覺得自己長大成人了。

編者：〈新聞一則〉發表於民國四十六年《青年戰士報》星期小說，上面作者介紹「現任中華文藝函授學校教務主任」，這篇小說是受邀寫的嗎？當時《青年戰士報》的副刊應該很有影響力，余光中先生就曾在該版面發表過許多新詩。

作者：《青年戰士報》當時的副刊主編，是編寫《世界文學名著辭典》的潘壽康先生。潘先生鑑賞能力很高，所以，一般的作者都向《青年戰士報》副刊投稿。那時各報副刊篇幅很小，版面只有半版，只能刊二千到三千字的短篇小說，但「星期小說」全版只登一篇文章，可以容納五、六千字。名作家彭歌先生是《台灣新生報》總編輯，他也兼編該報的「星期小說」，他約稿時我寫了一篇〈中獎後〉也是刊全版，該文本擬編入本書，但因當時影印字跡模糊，無法辨識才放棄。〈新聞一則〉這篇小說，就是看到報紙刊載的一則短短新聞（就如該小說最後轉載的標題和內容），憑想像寫成的。

編者：這本書中的作品，劇本除外，都未收入已結集的作品集，一般未收入作品都是未發表，但這些作品都是已發表，是您主動投稿，還是受邀而寫？為什麼當時沒想到結集出版？

作者：發表的作品，都是自動投稿刊出的，未集印成冊的仍有不少篇，自認這些作品實驗性太強，如〈哥‧驢‧來和去〉、〈新聞一則〉等篇，故事性較弱，雖然技巧很新穎，仍未收入已出版的小說集中。

編者：談談「風鈴組曲——她要活下去」吧，這篇文章很特殊。您在書中「作者小啟」曾提到這篇小說是「接力小說」的第一棒，整個組曲有十篇，最後一篇是朱西寧，後來《風鈴組曲》有完成嗎？這篇小說完成於民國五十九年，隔年您任《中華日報》副刊主編，收在書中的「恐怖之夜」是完成於《中華日報》副刊主編時期，而且很特殊的是發表在《台視週刊》，這之後似乎創作漸少了？

作者：《風鈴組曲》是聯副主編平鑫濤極富創意的企畫編輯。第一棒要考慮其他九位有題材好寫，在佈局時就開了一個大門，讓女主角走進學校找老師，故事內容就會越寫越精彩，而且其他九位都是高手，所以這本書出版後很暢銷。〈她要活下去〉發表的當日，後備軍人作家舉行大會，由警備總部政治部主任白萬祥將軍主持，他在致詞時特別提到這篇文章。「接力小說」新名詞，受人注目可見一斑。

在《文學雜誌》及《現代文學》發表多篇作品後，編《自由中國》文藝版的聶華苓，編《現代知識》雜誌的馬各，都曾對我約稿。編《台視周刊》的是小說作家梁光明，經他約稿，我才寫〈恐怖之夜〉。他希望利用小說作者說故事的能力，提供編劇作借鏡。

如果不編中華副刊，因約稿不斷，我會成為寫手。可以說：「編者的工作，是寫作者的殺手。」

也許就是當時在各大報刊發表很多作品，經名作家向《中華日報》當局推薦，才會被邀擔任副刊主編。

編者：我覺得您的小說創作與同期大陸來台作家相較，有一個很大的不同，那就是「鄉愁」的主軸非常模糊，年代、地點也不特別標示，這裡頭是否有您對小說的意見？

作者：對於寫作方向，曾經疑慮過，是寫現實題材，和時勢有關的抗戰、鄉土等人物？當時一位文學評論家說，世界十大文學名著，除《戰爭與和平》外，其他《包法利夫人》、《安娜卡列尼娜》等都是描繪愛情。文學教科書說得明白，小說是情感的知識，一般讀者愛讀小說，是看書中人物的喜怒哀樂的變化、發展，以及愛慾情仇……我小說中的人、事、物，在任何時空都會發生，所以不特別記載時、地，和一般的寫作方法不同。

編者：順著您對小說的看法，我看您的小說比較像受西洋「現代派」影響，內心的獨白，人物個性的衝突，形成小說的張力，而道德或者說是「救贖」總是小說的主旨，這樣的解讀是否正確？似乎在您小說中的主角「向下沉淪」時總會出現「向上提升」的力量，這是有意為之？

作者：把我的《小飯店的故事》、《船伕與猴子》等小說集譯成英文的王克難說，我的小說和美國作家的作品相比，毫不遜色。因為我不是用傳統的說故事方式，而寫的是普遍「人性」，全世界相通的人性，沒有地區的隔閡和限制。

編者：本書為什麼要分上、下兩卷？下卷收錄一些劇本，相當特殊，您有受過寫劇本的訓練嗎？為什麼會想去寫劇本？

作者：上卷是自己主動寫作的，下卷是被動受邀約而寫的。個人曾參加中國文藝協會戲劇寫作班，略懂戲劇表現的手法，是靠動作、衝突等表現人物特性，而不是專靠語言。如未經約稿，電台不會廣播，電視台不會播出，因播出要有導播、演員、道具等。

尤其是電視劇本，每家電視台，都有特約的編劇人員。由於當時名作家王鼎鈞，在中國電視公司擔任編審組長，他提供範本，才知道如何區分場景、運鏡等方式。

近年來視力減退，看書較吃力，因此常看好萊塢的藝術片，覺得編導受時代風潮的影響，主題意識糢糊，娛樂性極高，看完以後，往往若有所失，製作人花了那麼多人力物力，就是為了娛樂觀眾？小說既然是情感的知識，如能給讀者一些啟示，也算是文學人的本分吧。

編者：重新整理這些作品，尤其是當年一起為「風鈴組曲」接力的文友一一星散，您的感觸如何？

作者：十位作者只有郭嗣汾、司馬中原、蕭白仍健在，疏影好像移居馬來西亞，和時間競走的其他文友，不幸都已出局了。

目錄

輯一 愛的力量

相親宴

何萬福已覺得客廳裡面的人太多了，煙霧迷濛，語聲喧譁，但主人又站了起來，面對著走進來的客人，向他介紹道：「這是周議員，這是胡總經理！」

他祇好迅速地立起，彎腰鞠躬，連聲說：「久仰，久仰！」

胡總經理身材很高，體態很胖，直著腰握了他的手一下，眼看著主人說：「不錯，不錯。年輕有為！」

周議員上下打量著他，接著話題：「年輕英俊，郎才女貌……」

突地爆發了一陣哄笑。笑聲把周議員的詼諧語蓋住了。但何萬福的面頰燙得更厲害了。他早已曉得參加這相親宴，一定很尷尬，無數的客人，都會用搜索、新奇的目光來觀察他、研究他。他能應付得體，獲得所有客人——包括舅公、姑丈、姨媽、區長、局長……的滿意，才會和鮑穎香談婚嫁問題。不然，他和她三年間建立起來的友誼和感情，就要全部拋棄了。

現在他還是這家庭第一次見面的客人，這位議員說出如此的話，眾人都感到很好笑，他祇有承認周議員的歌頌了。

「謝謝周議員的誇獎，」他說：「請坐，請坐。」

接著又來了三位客人，一位是百貨店老闆，一位是銀樓的小開，最後來的是穎香弟弟的英文家庭教師。

每個新進來的客人，都要問他在那個學校畢業，現時在那兒工作？家中有些什麼人？他真有點後悔：沒有把自己的履歷表，用一張紅紙寫好掛在牆上，那樣就不會有這許多次重複的問話了。

他突然感到奇怪：穎香為什麼不出來？他來到這個人家，是接受她的請求，因為她說，她的父母希望見到他；她的父母對他滿意了，他們才可以繼續來往，現在他來了而她還不出來，這便足以表示她家庭對他不滿意？

胡總經理問：「你和穎香是同班？」

「不是，」他說：「我比她高兩班。」

「那麼你們怎樣認識的？」

這樣問法更不像話。他想，那不是像結婚典禮時報告戀愛經過嗎？結婚典禮中可以裝糊塗，現在就不能不回答。客廳中那些客人，像都很關心這個問題哩！

「在，在籃球賽中認識的。」他囁嚅地說：「因為我是校隊的隊員，有一次和他校比賽，我被撞倒在地上，被抬出球場。穎香是本校的啦啦隊，她替我包紮傷口，所以，所以就認識啦！」

「唔，唔！難得，難得。」總經理把菸斗抽得嗤嗤響，「人家都說：四肢發達，頭腦簡單。我看你身體倒很結實，頭腦嘛——」

總經理顛簸著腦袋，咂咂嘴唇，天下那有這樣當面侮辱別人的道理？他不知道這是什麼樣的總經理，全部資本額是五百元還是一千元？他真想辱罵他一頓；但為了穎香，他必須忍受。

「那是一般人的偏見，」他說：「我在球場上訓練四肢，在課堂上圖書館內訓練頭腦；所以頭腦雖然不太靈巧，但也不會太愚笨。」

「好！」

客廳裡響起叫好聲和鼓掌聲，總算把這場對話遮蓋過去。主人接著請客人入席，大家又鬧烘烘的讓座，很快就忘記這不愉快的場面了。

酒席分兩桌，不知是有心還是故意，議員和總經理都沒有和他同席。他左旁英文教師，右面是郵政局長，對面就是穎香的父親。

李局長是一位籃球迷，年輕時也喜歡打球，現在有精采的球賽，他還是場場觀戰。他可以背得出明星球員的身高、體重和年齡，能夠指出一流球隊的優點和缺點。他現在雖然四十五歲了，下班後星期假日，還拿著籃球和青年小夥子在一起「鬥牛」。

他們談得很投機。左旁的英文教師不時插進來說一二句英語；看樣子是想急於考一考他，讓對面的主人了解未來女婿的英文程度。

為了滿足他們的慾望，所以他就掉轉頭和英文教師攀談。他和黃老師談學生，談教學經驗，談文學。儘管黃老師念的是英國文學，但對文學卻是非常外行。對文學的流派和新的文藝思潮知道得很少，僅知道怎樣教學生背誦動詞變化，形容詞比較，關係代名詞的用法……

於是，他講了一個笑話。

他說：「我現在服務的機關首長，非常重視所有職員進修英文。」

「有一天，在動員月會上，」何萬福停頓了一下，接著說：「我們這位長官，大發脾氣，對大家說：有些人英文基礎不好，也不懂得學習，下了班沒有事祇曉得逛馬路、打牌、跳舞、聊天；有些人連英文二十八個字母都認不全……」

大家都哈哈大笑，英文老師也跟著笑了起來。黃老師可能不知道是在諷刺他，這個頗有「自得其樂」的阿Q精神，真是令人好笑！

在言談方面，他自己認為應付得不錯；但在喝酒方面，就不能得心應手了。這固然由於他的酒量太小；同時全桌的客人，把目標集中在他身上，都要和他對飲，所以在散席後，他就覺得頭有點暈旋，兩腿也感到軟弱無力。

客人陸續辭去，他也無法再留在鮑家客廳，所以他也向主人告辭。但他很希望能見到穎香。為什麼她一直躲在後面不出來？如果她能送他出門，送他上車就好了。他突然之間感到很孤單，感到很受委屈，穎香是該出來安慰他的。他們是同學，是朋友，是馬上就論婚嫁的愛人，為什麼要避著他？

他夾在許多賓客間辭退，主人送出大門。跨出門檻，內心嘆了一口氣，緊張的情緒才鬆弛下來。忽然，他聽到叫喊聲：「來啦！來啦！看哪——」

何萬福站住，打了一個冷顫。門前圍繞了很多男男女女，大人小孩。他們對著他指手畫腳，目光全集中在他身上，口裡不斷的批評他：

「頭髮的樣子好難看！」

「皮鞋的跟都給磨平了，沒有錢買新的？」

「上衣太長，褲腳管太窄！」

「……」

他看到每個人的臉形歪曲，手腳、身體的晃盪，房屋和街道旋轉起伏。他覺得自己快要暈倒了。穎香為什麼不出來送他？有她扶著就好了。他們不該這樣攔住他，當面侮辱他，主人為什麼不加以阻止？難道願意他在眾人面前下不了台。

怨氣塞在喉頭，胃中的酒菜在翻騰，他覺得要嘔吐。「你們盯著我幹什麼？要認清我四肢發達、頭腦簡單麼？」他左臂揮舞，右手的食指指著自己的鼻尖，圓睜著雙眼，額角的筋絡在猛烈跳躍。他不由自主地大聲罵道：「你們不認識英雄好漢？要英雄好漢教訓你們一頓才好過？」

「噢——」

大家嘻笑地得意地散了，他僵立在街心，感到非常疲乏。掉轉頭看到主人失望地楞視著他。當他們的目光相觸時，主人迅速轉身，猛烈地關起大門。

他拖著不穩重的步子，歪歪斜斜地向前走去。

——原載《世界畫刊》第一二一期

犧牲

韋菁是第三次走過這門口了，她停住腳步躊躇一會兒，終於上前敲了門。

門前矗立著兩株高大的樹，月光從樹隙中將她的身影斜貼在門上。她細細打量這屋子的外形，臆測屋內的陳設，她太急於知道這屋內人們的生活狀況了。屋內有人走動的聲音，她看出自己的身影在門上抖動著，她說不出自己是畏怯還是興奮？她將走進這陌生的家，馬上就要生活在這家庭中了。

「誰啊？」門開了，一個老婦人的頭從門縫中擠出。韋菁覺得這聲調中有厭煩的意味，像看戲到了最緊張的階段，硬被人拖走似的。

「我是……是韋菁，」她結巴地說。馬上想起她還不認識自己，接著便解釋道：「我來找吳裕成的。」

這是韋菁的藉口，吳裕成昨晚就和她說過，他今晚遲一點回家，讓他母親獨自和她談談。他母親已答應和她見面了；在以前她連韋菁的名字也不願意聽，事實逼著他母親讓步了。

「噢——」老婦人拖長嗓音，彷彿她是從韋菁胎兒時就認識，中間隔了二十年，突然經人提起回憶到韋菁童年玩耍的樣子。現在她的目光從韋菁的頭頂嚴厲地掠到她的腳上，像要在這一瞥中看清她的一生。韋菁明知在月光下，不會將自己看得很清楚，但她仍覺得像是在浴室被別人窺見似的，有一種說不出的羞澀感。

屋內的桌椅和牆壁上的一張山水畫，都出現在韋菁的眼中，她靠近桌旁手扶著椅角，這是實體的物件，而不是夢幻了。她內心感到一陣震動，那是她在這最重要的關頭所觸發的。她知道：這將是她的「家」，她將永遠生活在這圈子內了。她此刻忽然對自己懷疑起來，這是自己需要的家？她生活在這家中就會感到美滿和幸福了嗎？此刻她覺得已沒有時間容她考慮到這些問題了。

吳裕成的母親要韋菁坐下，她自己也坐在韋菁的對面，韋菁看出她有一種矯飾的鎮靜和自信，像一個初次上講堂的老師，要使學生確信她是嚴峻的權威人物一樣。

現在她又用詫異的、不懂的目光看著韋菁了。韋菁覺得她的目光好像在說：她人長得很美，為什麼會愛上吳裕成，硬要嫁給他呢？據吳裕成告訴韋菁，他的母親認為他的家財和學識都配不上她，所以她才竭力反對吳裕成和她來往的。

韋菁為了避免她火辣辣的目光，便側轉頭裝著巡視屋內的布置。但立刻便發現身後有一個二十多歲左右的小姐，正在門口猶豫著，像是在門後偷窺著她，現在被她發覺了，無法決定是進來，還是退轉回去。韋菁馬上站起，向她微笑著點頭，她覺得在陌生場合，禮貌應該周到些。

老婦人也發覺了。「進來吧，」她命令地說。「我替妳們介紹——」

這時，韋菁能夠仔細地看到她了。她是一個嬌小的女人，肌膚很細、很薄，像用嘴可以吹破皮膚，肌肉就會綻裂出來。她直覺地感到這女人很美。

「這是邱梅小姐——」

下面的話，韋菁就沒有聽清，她已完全明白了。吳裕成曾經告訴過她，邱梅是他青梅竹馬的朋友，她和他的家是緊鄰，他的母親很喜歡邱梅，已為他們訂婚了，後來經過吳裕成的竭力反對，才解除婚約的。可是她今天又為什麼要留在這裡呢？邱梅是不知道她要來此地？還是明明知道，特意來看一看她的呢？

韋菁又坐下了，她看到邱梅的臉上表現得很複雜，她無法指出她是冷漠，是怨憤，還是有幾分妒忌。總之這些表情已在她的臉上揉合而為一種深沉的幽靜，有令人憐惜的味兒存在。

邱梅在屋中佇立片刻，便走到茶几旁倒茶，一杯遞給韋菁，另一杯放在老婦人的面前，韋菁是希望邱梅早點離開的，她不知道吳裕成的母親要和自己說些什麼，如果當著邱梅的面，她是不願和她談話的，而且，她總覺得邱梅在她附近，她感到氣很急，像有什麼塞在心中一樣。

「妳來這裡，妳的父親和母親都知道嗎？」老婦人清了清喉嚨開始問話了。

「知道的。」韋菁說。

「那麼，」老婦人皺了皺眉，將看自己一雙手的目光，又盯在韋菁的臉上了。「他們一定……同意──？」

老婦人沒有再說下去，但韋菁明白她是問她的父母，是不是同意她和吳裕成訂婚，結婚？他們怎麼會同意呢，誰都知道吳裕成在工廠裡當一個小職員，所拿的薪水不夠養家，都說他們結婚後不會幸福。但韋菁卻認為婚姻的美滿，是建築在夫妻的情感上，與金錢無關，她是她父母的獨生女，所以他們就任她自己作主做一切的事了。

她沒有回答，祇是抬起頭來，眼睛對著老婦人笑笑。好像是說：這問題用不著考慮，我已長大到可以作一切決定了。

老婦人並沒有追問，韋菁覺得她已懂得自己的意思，她認為吳裕成已將她的事告訴過他的母親了。

「妳相信裕成一定愛妳嗎？」沉默了片刻，他母親冷冷地問。

「當然。」韋菁答，她心中感到不愉快了，為什麼她要問這樣的話呢？難道她還不信自己的兒子嗎？

「以前，她也是這樣說法的。」老婦人向邱梅呶嘴。她的眼睛跟著移過去，祇見邱梅的臉上顯出悲哀的神色。韋菁茫然地感到是她留給邱梅的痛苦，如果不是自己插在中間，裕成不會和她解除婚約的，她真希望自己能夠幫助她。

可是，他的母親為什麼要告訴她這樣的話呢？難道是暗示裕成的愛情不專一嗎？她知道，儘管裕成和邱梅解除婚約，他的母親仍是喜歡邱梅，她的話是要她認清裕成的性格，要她放棄對他的愛情嗎？

「是的，她一定是這樣的想法了，」韋菁肯定地告訴自己。「但我為什麼要聽她的話呢？」她對一切都是任性的，她和吳裕成的戀愛，也是從別人手中奪過來的，當然，她自己也明白，她父親是廠長，而她和吳裕成都是在同一的廠裡做事，她是佔了不少便宜的。現在他的母親這樣說，指出吳裕成並不真正愛她，祇是為了某一種目的，才願意和她親近的嗎？不然，他就不會捨棄以往的愛人了。

有了這種思想後，韋菁幾乎無法再待下去。她希望老婦人對她已了解清楚，不要再問她什麼話了，讓她有時間來慎重考慮自己的決定。

這時，門被推開了，吳裕成擠進來，他進門向韋菁微笑著，似乎在說：妳們談得好嗎？

他側轉頭便見到邱梅了，發笑的臉色停滯了一下，像很詫異似的，但隨即恢復笑容，向邱梅點頭。

他站著脫去上衣，邱梅向前二步，伸手去接。吳裕成楞了一下，韋菁看出他們以往都是這樣的，今天有了她在旁，他就感到不方便了。結果，還是邱梅接過去掛在衣架上。

韋菁心中感到一陣劇烈的痛楚，她覺得邱梅在他們家中已融為一片了。按理說，她已被解除婚約，今天不應再留在這，而她能在如此環境下待著，她還沒有失去對吳裕成的最後希望呢。

韋菁已站起來，大家都懂得那是要走的意思，都跟著立起。「為什麼不多坐一會兒？」裕成搶著說。

「不，」她答。「要早點回去休息，明天我還要出遠門哩！」

「什麼？」他驚叫起來。「怎麼沒有聽說？」他詫異地注視著她的面孔，她的臉上顯現著安詳和寧靜，沒有絲毫的憤怒表情，但她為什麼要離開他呢？他的視線轉移到母親和邱梅的臉龐，卻碰到她們驚詫的、詢問的目光，那麼，她的突然轉變，一定與她們無關了，他想。

「今天下午才決定，」韋菁笑笑說，「我特地來辭行的。」說完她就走出門外了。

吳裕成呆立在屋中，他的母親和邱梅也木木地看著他，不懂得他們變的是什麼花樣。等到吳裕成醒來，追出門去找韋菁問明緣故時，已看不到她的影子了。

他垂著頭回來了。他的母親見著他便嚷道：「我不是說過嗎？」她向邱梅看了一眼又回過頭來。「有錢人家的女兒、小姐脾氣太大，怎會過慣我們家的生活呢？」

吳裕成慢慢搖動自己的頭，沉重地坐在椅上。他知道他的母親是不會懂得他搖頭的意思的。

——原載《青年戰士報・副刊》

哥・驢・來和去

那隻鬈毛大狗，（誰知道是不是瘋狗？）狂吠著衝過來。小順拚命地逃跑，兩腿拋到臀部，氣息喘急。「汪……汪汪……」聲音像緊貼在腦後，看樣子瘋狗馬上就要咬住小腿了。跑啊，跑啊！左腳沒踏穩，向前衝的身體失去平衡，立刻仆倒在地上。瘋狗的兩隻前爪搭在他的雙肩，張開嘴露出鋒利的牙齒。完了，救命啦！救……

醒了，一身冷汗。雙手正緊壓住胸口，這時仍聽到自己喘息的聲音。真是一個荒唐的夢。小順蠕動身體，轉成側臥的姿勢，想再睡一會兒。夜很靜，恐怕離天亮還早哩。剛闔上眼皮，便覺得眼前有什麼不對勁。骨碌地坐起，明白了：門敞開一半，月光從斜立著的門板上擠進來，在屋內的泥地上，塗了一個白色長方塊。

是誰開了門？開門幹什麼？為什麼他一點都不知道？十八歲的人，不小了，睡覺時還死得像塊石頭，真丟臉。噢！糟了！驢子呢？

他猛地從床上跳下，衝到驢槽前面。空空的，繫在槽裡吃草的驢子不見了。食槽兩面是牆，另一面有橫木攔著，驢子無法跳越，也不能鑽出去；而且驢子的韁繩是他縛牢在橫樑上的。想想看：一點兒沒有錯。睡覺時已閂好門；驢子的耳朵不是豎得高高的，尾巴直搖？他突地覺得有點模糊；驢子的模樣總是那樣討人喜歡的，誰知道是不是昨天晚上的樣子？橫豎驢子不在食槽裡，是丟定了。

小順赤腳在泥地上走著，張開雙手摸索。腳板很涼。驢子比老鼠、小花貓大得多，用不著摸索，牠在屋內一眼就可以看到；可是現在沒有驢兒的影子。

難道是被別人偷去了？

他的心往下沉，忽然覺得要痛哭一場。不相信這是事實，他不該受到這打擊。但槽旁的橫木放倒在地下，門是敞開的，驢子確確實實被人牽走了。該大喊大叫引起人們注意？該出去追趕嗎？說不定驢子還沒有走多遠呢。

衝到門旁，發現門後斜倚著一根粗大木棍。他大吃一驚，那是準備襲擊他的。如果在偷驢當兒他醒來，跳下床，就會受到當頭一棒。這小偷比他們兄弟倆心狠手辣，他們從來沒有這樣想；儘管哥哥老練，也沒有想到這一點。現在他抓起這根木棍，可以去追趕偷驢的人了。但一個人太孤單，他有點怕。如果哥哥在家就好了。他們可以一邊喊叫，一邊奔跑，村前村後的人都起來捉賊——可是哥哥不在家。

他一旦想到哥哥，感到氣惱。哥哥是為了這條驢子和他賭氣離開家的。現在驢子沒有了，哥哥更要怪他、埋怨他，或許還不相信驢子是這樣被偷的。媽媽睡在後面屋子裡，又聾又瞎，她從來不管他們的事，又能證明什麼呢？他真願沒有這隻驢子，真希望自己掉下陷阱，哥哥沒有拉住他；那麼一切的煩惱都沒有了。然而，那不是真實的……

路面很窄、很滑。零落的黃樹葉散布著。路旁有枒杈的枯樹枝，像要戳瞎人的眼睛。小順不得不彎著腰，試探著腳步前進——完了。左腳一滑，身體向右前方傾斜，滑入路旁的懸崖，身體悠悠地向崖底墜落、墜落……救命啊……救命——

好了，一個大漢擰著他的兩隻耳朵，沒讓他再向下降；但全身重量掛在兩隻耳朵上，好痛啊。

痛得一身冷汗。醒來了，睜開眼，見擰他雙耳的正是他哥哥——大順。霎時感到又羞、又氣、又感激、又懊惱。如果不是大順拉住他，就要墜落在崖底；他真希望到崖底看看，究竟是什麼樣子。大順真討厭，處處干涉他的生活，連作夢的自由都被他剝奪了。

「起來，快！你這懶孩子！」大順放手了，急促地說。「我們得趕快去！一會兒天就亮了。」

小順伸伸脖子，感到一陣涼意；冷颼颼的風割著頸子，味道不好受；他真想再縮到被窩內，安心睡覺。沒好氣地說：「那兒去哇？」

「別裝蒜！」大順拉開他半截被窩。「昨晚上說好的，忘了？我們一早去偷——偷驢——」

小順聽到哥哥把「驢」字說得很輕很長，像是非常小心慎重，特別提醒他注意似的。但他在被窩內蠕動，身體滑得更低，把拉開的棉被扯回，蒙起嘴和鼻子，連連地說：「我不去，我不去……」

「你又要賴？你又要做懦夫？」哥哥的語氣有股鄙視的味道；好像他常常要賴，時時表現出缺乏勇氣的樣子，所以哥哥才一直瞧不起他。

不管哥哥怎麼說，小順仍是不起床。他喃喃地說：「不去，我不去。」

「再不起來，我又要擰耳朵了。」

小順兩手摀著耳朵，堅決地喊：「我不要做小偷——」他沒有繼續說下去，因為看到哥哥面色很難看。大順伸出一半的手，停頓在半空，像要考慮收回，不再擰他的耳朵。這時哥哥的眉毛和鼻尖都皺了起來。他覺得有點後悔，不該對哥哥這樣說的。昨晚他們兄弟倆一塊兒去西村看路道，商議好要把那頭花驢偷回來。現在他不但不起床，還要諷刺哥哥，未免太超過了。

而且，偷驢不全是哥哥的主意。他們家的驢子病死——他可以說是老死了。眼看著村上毛家磨坊的生意一天天發達，他們家的主顧都跑向毛家去。如果再沒有驢推磨，不但生意被搶光，連自己家裡的生活也成問題。當時他很贊成哥哥偷驢子的主意，現在突然變卦，完全是為了天太冷，而且又是在夢中被叫醒，所以他才用那難聽的話拒絕。想不到哥哥會那樣難過。

「你去不去我管不著，」大順說，掉轉身時左腳用力踢了一下。「我一個人也得去。你是個小孩子，說話不算數，人家拿你有什麼辦法！」

大順說著便衝出門外，一陣冷風從開門的當兒鑽進。他打了一個冷顫，掀開棉被跳起來。他聽不慣哥哥那種輕視的語調。好像他仍是個撒嬌的小孩，不能講道理，不能一道去做大事。他大聲喊：「我去，我陪你一道去。」

路面的雪融化了，凝結成冰，很滑。他跟在大順身後，小心地彎腰走著。鼻孔噴射出的熱氣，在寒流中彷彿立刻凝成水珠。小順問：「別人看見我們了，怎麼辦？」

「小聲點！」哥哥提醒他：「就說我們去趕集好了。深更半夜，誰會看到我們？」

他雖看不到哥哥的面孔，但哥哥那種很有把握的腔調，使他也有了信心。

左面的小村莊，家家戶戶關著門。連狗都縮在窩裡沒有出來；不然，他們就可以聽到狗吠聲了。真的，他們到了驢欄旁，都沒有見到人影。驢子是關在旅店後面的空院裡。院門沒有上鎖，那是為了起早趕路的客人，隨時可以牽走牲口。

他們悄悄鑽進院中，忽然院中有一聲長吼。小順嚇了一跳，轉身就跑。大順一把抓住了他。「別緊張，那是馬叫。」哥哥低聲命令他：「站在門口，看見人，拍一下，輕輕的——」

小順感到又羞又氣。哥哥的確老練，想得周到；自己不佩服、不按照他的話去做就不行。他縮在門內，伸長頸子向院外張望。這時忽然擔心起來，如果見到人，他鼓掌以後，自己立刻溜掉；還是躲在牆角等哥哥？正當大順牽驢向外走時，有人來了，豈不是立刻被捉住？院牆沒有後門，進退無路，那樣就有好戲看了。哥哥沒有交代清楚；或許是哥哥疏忽了，他該去問他，還是通知他停止動作，再好好考慮一下。

他真後悔自己沒有去牽驢。如果他摸著驢子的頭，大大的耳朵，解開韁繩牽著驢子走出來，就不會擔驚受怕；而且又可以在大順面前揚眉吐氣。大順一直輕視他，說他是小孩子；總支配他做孩子的事。在門口「把風」，還不是和牽驢一樣的重要和危險！

這時他真想立刻溜走，不顧大順的「工作」。那樣可以讓大順知道他有自己的看法和主見——也許大順認為他是個膽小鬼，才半途逃跑，以後更要嘲笑他，在哥哥面前就永遠抬不起頭。

還好，一會兒工夫便聽到「得得」的驢蹄聲逼近。他不能再打逃跑的主意了。

他迎上前去。大順說：「走嗎，先出去看看。」

在回家的路上，小順仍很擔心。前面怕碰到人，後面又怕主人來追趕。從家裡出來的時候，希望路愈長愈好；現在回家了，卻希望三步兩步就跨進家門。

天上星辰閃爍，東方已露出曙光，雞啼聲好像就靠在身旁。氣候比剛來時更冷些。大概有不少的狗，正對著他們狂吠。他真希望這時是躺在自己床上，而不是跟在驢子的後面。這是一條大道，沒有分歧的小路。有人來抓他們，確是無路可逃哩！

但看到大順態度沉著，和驢子的步伐一致，不慌不忙地走著，他又感到慚愧了。難道他真是小孩子，特別容易患得患失。實際上，他是不該那樣緊張的，牽著驢子的是哥哥，他祇是陪著驢子走走罷了。還算犯法？

驢子牽到家，一切順利。關好門點亮燈，小順突地尖叫起來。「錯了，哥哥你錯了。」哥哥總是做錯事的。

大順掉過頭，咧開嘴對他笑笑。那笑容裡含有多少輕蔑啊。「沒有錯，我是特意牽這條灰驢的。」

「那才怪呢！」他當然不服氣。哥哥的老脾氣，從不認錯。他不能再對哥哥客氣，一定要戳穿謊言。「這隻驢又瘦又老，又老又瘦，花那麼大力氣『偷』回來，有多大用處？」

哥哥板起面孔說：「你真是小孩子，一點兒都不懂事！那隻驢子雖然好，又年輕，又結實，可是，可是那個主人祇有一隻驢，驢子被偷了。他準會賴著不走。東村、西村、南村、北村到處去找驢，那時候不出亂子才怪。這隻驢子的主人，有騾子有馬，有十多匹牲口，要運那麼多貨，肯為這隻瘦驢賴在這兒？再說，只要餵得好，服侍得好，這條驢馬上會壯起來——」

不佩服哥哥的話也不行，驢真的壯起來了；而且那麼久的時間沒有人來找驢，驢子確確實實是他們自己的了。現在他非常喜愛這隻驢；而驢子也非常喜歡他。他們在一起工作，一起休息。他給驢吃鍘得很細的草，很香的飼料，磨出的麵粉很多，走掉的主顧也一個個地拉回來——驢子卻被別人偷走了。

現在他真懷疑自己是在作夢。但他的腳在摸索著冰涼的泥地。門縫中的月光、粗大的木棍、空空的驢槽、床、磨子、小方桌、燈——燈擎在手裡，沒有點起。他覺得自己快要發瘋了。

點亮燈，屋中特別空虛。他真希望有個人談談。談談該怎麼辦，追趕沒有力量，也許該去報警——可是你這條驢子是那兒來的？先辦你這個偷竊罪再說。

他打了一個冷顫。手中的燈重重地放在牆角的小方桌上，走去關起門。現在像一切事都沒有發生，祇是驢子丟了，哥哥有更大的理由說他是個孩子，不會做事，不懂得照顧驢子。他在哥哥面前永遠說不清理由。哥哥說，我早就告訴過你，驢子一定在你手裡丟掉，現在你該相信我的話了吧？哥哥總是有「後見之明」的。

心中突地一亮。丟掉驢，為什麼要告訴哥哥？他可以再去偷一隻回來，就寫信告訴他，說是灰驢太老了，貼了人家的錢，又換了一隻新驢。你可以回來看看這隻驢子，包你滿意……

腳太涼了。他穿上鞋子。那不是好主意。誰去偷？到那兒去偷？而且他說過不要哥哥回來，哥哥也發誓永不回家。想不到那隻灰驢給他們帶來不少麻煩。如果沒有偷驢多好，如果他不和哥哥吵架多好！

當然，和哥哥吵架的事並不怪他。他牽驢子在外面蹓躂，讓驢子在草原上啃嫩綠的青草，已不是一天了。為什麼哥哥會突然干涉他？哥哥跑來氣沖沖地說：「你瘋了！把牠牽到這兒來玩？」

他躺在草地上看故事書，眼睛沒有離開書本。美麗的公主在山上玩耍，被又醜又兇的強盜搶去，逼她做太太哩！

「驢子在這兒玩，關你什麼事？」

「趕快牽回家！」哥哥頓著腳命令著他。「你看，這裡是大道，南北來往的客人很多。原來的主人發現這條驢，你說該怎麼辦？你這不懂事的孩子，總是給我惹麻煩！」

哥哥的話，也許有點道理；但說話的語氣，使他聽了很不高興。不理他，看他怎麼辦？強盜把公主吊在樹上，用鞭子抽打。公主暈了過去。強盜的心好狠啊！

突地坐了起來。「偏不牽回去。你這萬惡的強盜——小偷！」

「你敢？你敢胡說！」大順竄到他身旁，抓住他的衣領，狠狠地瞪著他：「你牽不牽回家？」

小順甩掉書本，肝火向上冒。哥哥當著那麼多人，（草原上有不少人放牛放羊哩！）尤其當著那驢子對他無禮——驢子正眼睜睜地看著他，真是太瞧不起人。他猛地一拳，想把大順的鼻頭打扁，看他還敢不敢欺侮他這孩子？他雖然比哥哥小二歲，可是站起來要比哥哥高半個頭，力氣也許比哥哥大得多。

大順抬頭讓得快，拳頭擊中下顎，隨即倒在地上，他也跟著翻倒。兩人糾纏在一起，踢啊，打啊，咬啊，公主被吊在樹上，就不能還手了。被強盜打死？還是被武力屈服，嫁給強盜做壓寨夫人？強盜有很多金銀財寶，比國王有錢，女人多半是喜歡嫁給錢的。

真可惜，故事的結尾不知道。打完架，兩人的臉上、身上都是傷。哥哥走了，他也懊喪地牽驢回家，忘記把那本故事書撿回，永遠不知道公主的下落，也不知道強盜的下場。但他事後想想也就明白了：公主得救，強盜一定會被殺死。「善有善終，惡有惡報。」一般的故事都是這樣寫的。

這場架，把故事的結果打掉了還是小事；哥哥也因此離開他了。哥哥寫信回來說，他為全家偷了驢，弟弟卻不尊敬他，他永遠不回家了。他看到那隻灰驢，就無法容忍弟弟對他的侮辱……

好啦！驢子不見了，哥哥會忘記吵架？忘記那些嘲諷的話？那麼他要感謝偷驢賊！

忽然發現他自己是個天大的傻瓜。驢被偷了，自己什麼都沒有做，連開門出去看看都不敢，祇是關在屋裡胡思亂想。這樣驢子就能回來了嗎？現在他真像墜落在陷阱，或是被瘋狗撲倒在地上，需要別人的援助和拯救。公主被強盜吊起來，是誰去搶救的呢？

他想，他該跑到後面去把母親喊醒。母親儘管不過問家中的一切；但年紀大的人，經驗豐富，處理事情比較有條理，他現在太需要別人幫助了。

走到側門旁，他又縮了回來。母親耳朵聾，道理聽不清。她反而會埋怨他做事不小心，睡覺不清醒；如果你哥哥在家，還會出這種亂子？你總是不聽哥哥的話；哥哥聰明、能幹、想得周到……

又是「哥哥」！他真離不開哥哥嗎？十八歲的人，應該能夠自立了；而他卻一直想念著哥哥。哥哥離開家以後，他就沒有牽驢子到草地去啃嫩草，也沒有躺在草地上吹笛子，看故事書，因為他覺得不安全——哥哥的話沒有錯；錯的是他沒有接受哥哥的意見。淺薄的人，都不願接受別人意見的。

這時他多麼渴望哥哥能夠在家中，那樣他就不會有不安全的感覺了。他可以和哥哥去追驢、偷驢、討論各項細節——現在，最要緊的是把驢子被偷的事告訴哥哥。

小順匆促地走到牆角的小方桌旁。找出滿是縐紋的紙，提筆寫道：

「哥：驢，怎麼來，怎麼去！」

——原載一九六三年二月號《幼獅文藝》第十八卷第二期

愛的力量

病房中黯淡的燈光，籠罩在陸太太蒼白的臉龐。她正傴僂著背站在醫生面前，發著斷斷續續的聲音；彷彿受不了這冬天嚴寒似地微微顫慄。

「我們盡了最大的努力，」醫生指著病床上的一個八歲小孩，低聲地對她說，「他已脫離險境了。」

雖然她是小孩的母親，但這並不是她內心所要聽的話；她希望他死在醫生行手術的時候。他不是自己生的，她才不願醫生盡最大的努力哩！

「頭部的傷不要緊嗎？」她裝著非常關切的樣子。

上午送小馬進院時，他頭上的血像決了堤的水在汩汩地流；她預料那會使他喪命的。

醫生搖搖頭。

「腿也不會殘廢？」她突地覺得小馬既然死不了，也不該十全十美地活著。

「不會的，」醫生解釋道：「小孩的骨頭碰傷一點，很快就會長成，三個月後就可以走路了。」

陸太太感到完全失望了。她看到醫生為著手術的全部成功，顯出得意的神情；可是他怎知道這時的她，正想摑他一記耳光呢？

「哦！」她的嘴唇扭曲了一下。連她自己也不明白，這是表示感謝，還是埋怨。

醫生奇怪地看著她，隨後就原諒她了，因他了解她今天所受的一切災禍；她的第二個孩子小平，也是在這裡施行急救手術無效，才送到殯儀館去的。

陸太太再不願和醫生談下去了，轉過身走到小馬床前，伸手想摸摸他的溫度；但當她的目光接觸到小馬的眼睛時，便抽回了手。實在的，她內心一秒鐘都不喜歡他，看到了他，她就感到不順眼。

「媽！」小馬的聲音很模糊。

陸太太彎腰漫應著，她要避免別人看到她憤怒的面部表情。

「弟……弟呢？」他們弟兄倆是同時受傷的，所以他這時仍想著弟弟。

她眼淚流下來了。「他……他他……死嘍！」

如果不在醫院，陸太太定會狠狠揍他一頓。他帶著弟弟上街去玩，弟弟被車子壓死，而他竟還活著，這不是揍他的頂好理由嗎！

陸太太咬著嘴唇，竭力抑制內心的衝動。默默地退坐在牆角的一張椅子上。一位護士走過來。「妳太累了，回去休息吧，太太！」她慇懃地說，「我們會好好照顧的。」

離開醫院大門，冷風掀動著她蓬亂的頭髮；她將外套的領子用手扶起，外面冷多了。陸太太不由不詛咒自己的命運。她平時頂恨小馬，她打他罵他折磨他，但他仍躺在醫院裡；而她心愛的小平，不是親眼看著送進太平間嗎！她覺得有一把沒有磨利的鈍刀，在慢慢地剜割她的心，隱痛一點一點的加深了。

街頭熙熙攘攘的人群，來去匆匆地從她身旁掠過，他們愉快的面容和爽朗的笑聲，使她羨慕也使她憤怒，她深深地體會到這世界太冷酷，沒有人關心她的遭遇和不幸，她完全孤立在世界之外了。

她心底升起對人們微微的恨意。

到家已經十點多了，她打開鎖走進屋內，一陣空虛的感覺，隨著黑暗襲進心頭。燈扭亮了，但淒涼的影子並未跟光明消逝。屋中彷彿籠罩著一層濛濛的霧，她的頭感到暈眩起來。房屋很簡陋，只有小小的兩間，裡面是臥室，外面是廚房兼作客廳。平時她嫌窄狹得透不過氣來，今天卻覺得格外的空曠，像走到郊外的墳場。

她坐在桌旁的椅上，從小馬想到小平，又從小平想到她的丈夫；她丈夫於四年前被仇人殺死。他死後，她費盡心血、嘗遍艱苦，領著孩子過活。可是，孩子呢！她想哭，卻哭不出來了。

她站起倒了一杯水慢慢地喝著。

陸太太恨透這世界。她丈夫被流氓殺死；而她的孩子，卻讓人們用車子壓死。她愛他們，他們都是無辜的；而他們都死了！難道這世界不讓她再活下去？

想到這裡，她突地跳起從牆上取下她丈夫的相片。她記得很清楚，丈夫被殺時，她曾經想過死；但為了小平，她放棄這念頭。現在小平死了，她唯一的希望幻滅了，還有什麼理由，使自己活下去？她兩手握著相片的邊框，他微笑地對著她，彷彿在鼓勵她去死一樣。

她從桌子抽屜內，取出半瓶安眠藥，那是醫生開給她，治療她失眠症的。她將藥片傾在手心內數了一數，還有五十八粒，儘夠她脫離這使她憎厭的世界了。

陸太太忽然猶豫了。她想起醫院中的小馬，想起自己還有一個未出嫁的妹妹；她更想起自己在學校內教的一班學生；甚至她對這房屋和粗陋的室內家具也依戀起來。

她將安眠藥片，慢慢地，一粒一粒地裝進瓶裡去。

水已喝光了，她又將杯子倒滿。陸太太對自己的怯懦行為嘲笑起來。她現在已經是孤苦伶仃了，而天下所有的人，還都在跟她作對，她又怎能在漫長的未來中生存？活著既然是如此的煩惱和淒涼，為什麼不平平靜靜地去死呢？

陸太太終於決定了。她將安眠藥片先倒出一半，預備分兩次吞下去。

「篤，篤，篤……」

意外的敲門聲使她怔住，她預備將藥片吃完再去開門；但隨即想起這將會被人發覺。那她的計畫便完全失敗了。於是她慌亂地將藥片裝進瓶裡去。

「拍，拍……」

敲門聲更響了，她將藥瓶放在桌上感到不妥，便藏在抽屜的一個角落裡；但最後還是塞在自己的外套口袋內。

門開了，「哎……呀……梅……梅英。」她結結巴巴地說。「我……以為妳……妳不來了。」

梅英是她的妹妹，她住在南部，約定今天上午坐火車來看她。但她受了那麼大的打擊，早已忘得一乾二淨，現在若不看到她，再也記不起這回事了。

梅英默默地走進門，將皮包向桌上一甩，便像麵粉袋似地癱在椅上。

陸太太見她那麼憂鬱，兩條眉毛快擠在一起，心裡非常奇怪，難道她已經知道自己的不幸？啊！是的，她想起來了。一定她很早就來過，自己的門雖上了鎖，鄰人會告訴她的。這樣想她心底便浮起一點安慰的感覺，她還有親人關懷她哩！

忽地，她覺得妹妹來這樣，會影響自己自殺的計畫；但她隨即也就安心了。她知道吃藥的動作很簡單，等到發覺時那已太遲了。再說，自己死後能有親人在旁照料，遺產的處理和小馬的撫養問題，都會解決。她內心反而寧靜起來。

陸太太認為在未死以前，應該對妹妹交代一番。

「不要難過，」她暗示地說，「不論什麼悲傷的事，都會慢慢過去的……」

「什麼？妳已知道我——我們的事……？」

「你們？」

「我……我和葉強……」

「葉強是誰？」陸太太驚詫地問。「我一點都不知道。」

梅英躊躇了一會便滔滔地告訴她。葉強是她認識很久的男友，最近他們的情感突然增進了，已經準備訂婚，所以她要帶他一起來這裡，徵求姐姐的同意。他約好上午十時在火車站接她，她恐怕記錯了上下午的時間，便癡心地等到下午十點，但還沒有見到他的影子。

「男人的話都是靠不住的，」梅英的結論顯得非常憤懣。「我再也不相信他了。」

陸太太發覺梅英不是為著她的不幸難過感到非常失望；她想到自己是不會有人同情的了。但不得不用老大姐的身分勸慰著道。「對朋友的小小錯誤，應該多多諒解；」她說：「他可能發生什麼意外。」

「誰管他有沒有意外，」梅英任性地道，「意外還不是做事不夠謹慎，顧慮不夠周到……」梅英說著也覺得惶惑起來。

陸太太知道年輕氣盛的人，都喜歡鬧彆扭。而且在戀愛中起點小風波，好像更會甜蜜些；也就懶得再管了。

「小平和小馬呢？」梅英忽地叫了起來。「他們都睡覺了？」

陸太太的回答是簌簌落下的淚珠。

梅英到臥室門口張了一下，回來搖撼著姐姐的肩膀。「他們呢？」

「小……平死……啦，」陸太太歇斯底里地說，「是……小馬——小馬害死的。」她加重了語氣。

「可是，小馬呢？」梅英更糊塗了。

陸太太掏出手帕擦眼淚，哽咽地告訴她。因為今天是禮拜，女工請了假，她自己不去學校，就到市場去買菜；誰知小馬將弟弟帶到馬路上，他自己受傷躺在醫院裡倒不要緊，而小平卻被車子壓死了。說完就嚎啕大哭起來。

「小馬這壞東西，從來就不聽話，早就該死了！」陸太太詛咒地道：「現在他又害死小平。」

梅英這才發覺姐姐面色灰白，眼圈紅腫。她奇怪自己進門時，一點都沒看出姐姐的悲哀；儘為著葉強的事，在姐姐面前使性子惹她煩惱，那未免太自私了。這使她想起人在憂慮時，多半祇顧到自己。

「這是命運，姐姐！」梅英在姐姐身旁坐下，握著她的手委婉地勸道：「我們不能怪小馬，他還不懂事……」

「妳也和別人一樣，」陸太太摔脫了她的手。「以為我是後母，對他有偏見！」

梅英深知姐姐對任何人都很好，就是待小馬的器量太窄，她雖同情小馬；但當小平剛死，姐姐在氣頭上，她曉得勸說是沒有用的。

「我們應該追究殺小平的責任。」她故意扯開話題。

「兇手已經抓到了。」

「那就好辦。」梅英恨恨地道：「我最恨那些不守交通規則的人，他們不顧行車秩序，汽車橫衝直撞，這樣害了他人，也害了自己。」

「壓死小平的不是汽車，」陸太太糾正道。「那是機車。」

「機車！」梅英的眼睛睜得很大。「騎車的是甚麼樣的人？」

「年輕，不到三十歲。」陸太太顯得不耐煩。

「姓什麼？」

「誰管那些，要他抵命就是了。」

「他的鼻尖有粒黑痣？」

陸太太點點頭，梅英接著又問：「他的頭髮蓬亂，人長得很高嗎？」

「是的。」陸太太驚詫地回答。「你認識他？」

梅英的臉色發白了，她不理她一直問下去：「他在那裡？現在在那裡？」

「在警察局，明天就送法院了。」陸太太生氣地道：「妳這樣關心他，瘋啦！」

梅英用手掩面哭著道：「他……他是葉強啊！」

陸太太怔住了，她想不到這殺死小平的兇手，竟是妹妹的男友；如果兇手判了刑，她妹妹的打擊也夠深了。陸太太對妹妹的遭遇也同情起來。

梅英繼續告訴姐姐，當她聽到機車闖禍，就料到是葉強，因為他寫信說，要她坐他新買的車子。誰會想到他竟因此興奮而出了意外呢？

「我曉得他不會變心，所以在車站等了那麼久，」梅英已忘記剛才對他的怨恨了。「現在都是那短命鬼的小馬害了我們。」

這突地掀起的暴風雨，使梅英內心的情緒失去了平衡。她平素對小馬的同情和憐愛，也跟著這浪潮消逝了；接著她用最刻毒的字眼咒罵他。

陸太太這時更恨小馬了，在她心目中，小馬實在不是個好孩子，凡是與他接近的人，都不會有好結果；他的母親和父親，先後被他剋死；小平的死是他一手造成；而葉強也連帶受罪。現在連她自己也因為他所惹的禍，而不想活下去了。

「妳一定要他抵命嗎?」梅英惶恐地問。

陸太太不懂似地注視著梅英,但她內心卻想得很遠。她從妹妹想到葉強的死,又從葉強想到他或許還有母親,甚至有更多的人,要他撫養。這樣想著內心便泛起微微的歉意。然而這並不怪她,誰叫他殺死她的孩子?如果他真的死了,使他的母親也同她一樣的嘗嘗孤苦伶仃的滋味,不是頂公平的事嗎!

「這不是他的錯,」梅英脹紅著臉道,「是妳沒有盡到責任,如果妳不讓他們到馬路上去……」

「這……這個我不懂,法律會幫我們說話。」陸太太切斷了她的話,顯出不快的神情。「法律是代表真理和正義的。」

梅英感到完全孤立了,「妳不幫助我們?」

「妳要我怎樣幫助呢?」陸太太冷冷地道。

她伸手在袋內,摸著裝安眠藥的瓶子;用大拇指和中指捏著兩端,在袋裡搖晃著,她隱隱聽到發出沙沙的聲音。自己快要死了,能幫助她什麼呢?但這是無法向她說明的。

梅英看到姐姐木然的表情,好像對自己的事無動於衷,她的心冰冷了。

「我也不知道,可是,」梅英不滿地說,「我看出妳沒有幫助的意思,妳是極端的自私、自私……自私啊!」

「梅英！」陸太太苦惱地叫道。

「能夠幫助人，而不幫助人，就等於殺人。」梅英大聲嚷道：「妳祇顧自己，一點不同情別人……」

「梅英！梅英！」

「我不是妳妹妹，妳也不要叫我了。」梅英站起抓著皮包就向門口走去。

「去那裡？」陸太太怕她也和自己一樣去自殺。

「看葉強！」

「妳瘋啦！」陸太太站起攔著她。「妳知道他在什麼地方？」

「我有嘴。不知道，我會問。」

「不！不！」陸太太急得連連頓腳道：「現在快十二點了，他們會讓妳深夜見囚犯？」

梅英遲疑起來，她們相互地僵立在屋中。

「砰，砰，砰……」

敲門聲突地響起，她們的目光同時射在門上。陸太太詫異地拔去門閂，走進一位五十歲左右的老婦人。

她進門問清門牌號數，接著便問：「葛梅英小姐來了嗎？」

陸太太的目光，從老婦人身上踅到梅英的面龐。梅英走上前做一個默認的表示。「有什麼事？」

陌生人仔細地打量她，彷彿要數清她身上所有的毛髮似地。「我是葉強的母親……」

「噢！」梅英驚叫道，用期待的目光凝視著她。

老婦人坐下慢慢地說：「他要我來告訴妳，那不是他的錯，……」

梅英捉住她姐姐的目光，但陸太太隨即避開了。

「他上午騎車子去接妳，」葉強的母親艱澀地接著道：「見快車道上有兩個小孩，他急忙煞車；但小孩們也停止了，當他再踏上油門時，他們突然衝到他的車前……」

「小馬該死！」陸太太喃喃地說。

老婦人奇怪地向她一瞥。「葉強是個好孩子，闖禍後沒有逃走，隨即到派出所等候……」她嗚咽地道：「他在拘留所裡，時刻念著妳，怕妳對他誤解，所以要我連夜趕來……」

「他要被判刑嗎？」梅英啞著喉嚨問。

「嗯。」老婦人點點頭，臉上的皺紋顯得更深了。「除非……」

「我可以替他？」梅英激動地說。「那是我害他的。」

葉強的母親搖搖頭接著道：「除非那小孩的母親能幫助我們。」

梅英突地高興起來，一線光明的希望，在她心底萌芽。但當她想起姐姐剛才冷冰冰的態度，又感到十二分地沮喪了。

「那有什麼用？」梅英鄙棄地說。

老婦人解釋道：「如果她在法庭，幫我們說話，法官判罪就很輕，並且還可以緩刑……」

「什麼？」

「緩刑。」葉強的母親重複道。「我也不懂，他們都說判刑後可以出獄，如果在外面不再犯罪，就沒有事了。可是，我到那裡去找她呢？」她露出絕望的神情悲傷地說：「人家的孩子死嘍，受傷嘍，又怎會幫我們說話呢？」

梅英不再遲疑了，她不能放棄這唯一的機會；連忙將姐姐介紹給她。

「這……這太好了，太……好了！」葉強的母親喃喃地說道。

「姐姐！」梅英迫急地道：「妳一定要幫助我們！」

梅英本想把話說得婉轉些，但當她看到葉強的母親，那樣激動和焦灼地逼視著她，她便直截地說了出來。

＊

從知道那老婦人是葉強的母親時候起，陸太太感到不愉快了，她不願和殺死小平的人的母親坐在一起。雖然她在聽著她們談話，但心中卻暗自盤算如何去死的計畫。梅英對她不了解的責難，她感到非常傷心。她真後悔沒有在妹妹未來前，就吃藥死去；那麼一切煩惱都沒有了。

當她聽到葉強的罪刑輕重，完全操在自己的手裡，內心便掀起一陣報復性的快意，她不願放棄為小平報仇的機會。

「不，絕不！」她舞著手臂嚷道。「唯有這件事，我不能幫助妳！」

老婦人低下頭來，用力搓著上衣的邊角。

梅英楞住了，她想不到姐姐會任性到這種地步。姐姐一向是愛她的，自從母親死後，姐是她唯一的親骨肉，不論什麼事姐姐都依她。因此她仍不放棄這希望，想用姊妹的情感說服她。「為什麼呢？」她低聲地問。

「為了小平，我不能同情他！」陸太太堅決地問。「妳想一想，除了小平，我還有什麼？」

「妳的小馬呢？」梅英噘起了嘴唇。

「小馬！」陸太太憤慨地道。「妳不知道他不是我親生？妳不知道我恨他？妳相信我能依賴他活下去？」

梅英對這些都了解的，但她知道小馬並沒有錯。「妳為什麼不去愛他，接近他？」她反駁道，「妳為什麼不把小馬當親生的一樣看待？」

陸太太覺得自己的心被針刺了一下，臉也發燙了。「妳的年紀還輕，」她紅著臉道，「年輕人的話，都沒有經過思慮。妳幾時聽過後母肯將前娘的孩子，當自己的孩子一樣看待，又有幾個孩子肯認後母作生母呢？」

「那是妳自己的事，我不管。」梅英撒嬌地道：「我是妳妹妹，妳應該幫助我！」她已忘記否認是她妹妹了。

陸太太的手又摸到那藥瓶，她感到為難了。

「如果死的是小馬，」陸太太停頓了片刻。「而不是我親生的……」她覺得自己已埋進土中，而她的心也慢慢跟著陷進泥下去了。

老婦人站了起來。「一定要愛自己親……親生的孩子嗎？」她含糊地說。「葉──強，他……他並不是我親生的。」

「啊！」姊妹倆同時驚叫道。

「他三歲就沒有母親，是我一手養大的。」老婦人接著說：「他好像不知道我是後母。真的，再找不出任何孩子，像他那樣待我好了。」

「那是什麼道理？」梅英奇怪地問。

「非常簡單。」她巡視屋內一周，慢慢地說道：「父母能夠愛孩子，才會獲得孩子的愛。現在為了葉強，」她看了陸太太一眼，吞吞吐吐地道：「在用錢方面，我可以……」

「什麼？錢！」陸太太怒吼了。「你們仗著富有，就任意殺人；你們以為有錢，就可以買窮人的性命？……」

「靜一靜，姐姐！」梅英制止她。「等她說完吧。」

「我……我不會講話，我是說醫藥費。」葉強的母親結結巴巴地道。「我們並不富有，一些錢都是葉強慢慢用勞力積起來的。」

老婦人又坐下畏葸地道：「窮人要恨富人，兒子要恨父母，極權的世界都是這樣說的。我們不能相信他們的那一套！」

陸太太的心頭抖動了，她的腿在顫慄著。

「他們說葉強是過失殺人，」老婦人緊接著說。「大約要判徒刑三年……」

「三年！」梅英驚詫道。

老婦人點點頭。「本來我沒有理由，請求妳們幫助。」她接著亢奮地說。「葉強年輕力壯，我們不要因他犯了小錯，把他關在監獄裡——他剛考取台灣大學。」

「台灣大學？」梅英奇怪地說。「我一點都不知道！」

「前天才放榜，他預備今天告訴妳。別人都以為我是後母，不會幫他想辦法。」老婦人柔和地說：「所以我請求幫助，並不是完全為了自己，也是為了所有的後母——」

「啊！伯母，妳真好，妳真是一個好人。」梅英上前扶著她的肩頭激動地說，「壞人祇曉得愛自己，好人纔懂得愛大家。」

陸太太吃了一驚，彷彿一個火花在心底突地亮了起來。她對以前的一切想法都懷疑了，她不明白自己為什麼要恨小馬，小馬並不使她討厭，除了不是她親生而外，與小平並沒有分別；為什麼她不能像葉強的母親一樣去愛他呢？

陸太太感到窒息和煩悶，她不安地站起來，上前打開窗子，見到半輪淡淡的月兒，輕貼在靜靜的天空，大地是如何的寧謐和安詳啊！她從沒有發現世界是如此美麗，她想的和看的都是灰暗的，以及令人憎恨的。她在口袋中又摸到了那藥瓶，她對於自己死的目的又不明瞭了。

側轉身她的視線接觸到丈夫的相片上，她又看到他嘻嘻的笑容，彷彿在譏笑她沒有勇氣面對現實。她上前一步，便看到相片旁邊的兩行小字，那是她丈夫親筆寫的：「愛雖是人類的弱點，但卻是一切力量的泉源！」

陸太太走近桌旁，緊握著相片的邊框，她感到一股力量從心中升起，已不覺得自己是孤獨無依了。

她驀然放下照片。梅英和葉強的母親，這時已圍在她身旁，她向她們伸出一雙手；老婦人和梅英迅速地交互一瞥，便都緊緊地握住了。

——原載《中華文藝》月刊第五卷第一期

新聞一則

蘭英又在化妝了。

吳老頭坐在搖椅裡手擎著書，每次從書本上端看去時，總碰到女兒蘭英的目光；他馬上垂下眼皮，仍裝著細心看書的樣子。他的搖椅斜對著房門，她化妝時正面向著他。

書中的字，一個也沒看見，他注意她在面頰上塗胭脂。她開始畫眉毛了，畫好後，右眼閉了一下，又閉起左眼，像測驗眉梢的彎度夠不夠。但他知道，她閉起左眼時，右眼正盯著他。

他輕咳一聲，翻了一頁書，手摸著腦後的頭髮，掩飾自己的心虛。手接觸到粗硬的頭髮時，心就向下沉。早晨在鏡子裡，他見頭髮大部分白了，其餘也變成銀灰色。他比病前要老弱得多。

他病了半年，面皮縮起像縐紙，眼睛陷落，骨頭都撐出皮外了。他是酒後中風，變成半身不遂的。他很感謝醫師的診治，但他深知如果沒有蘭英的盡心服侍，他的病不會這樣快痊癒。儘管蘭英年輕，才二十二歲，但服侍病人卻很有耐性。他在病中每日的飲食，都是她餵他的；大小便時，總是她照顧。他的家庭經濟狀況不好，用不起女工，更談不到雇特別護士了。

但他相信，任何護士照料病人，不會有像蘭英這樣周到的了。有一次，到了吃藥的時間，蘭英還沒有來，等到她端來開水，他就將杯子摔掉。她什麼話都沒有說，祇對他笑笑，又倒來一杯水，他事後想起，覺得自己太任性，他有什麼理由發脾氣呢！她成日服侍他，還要維持家庭的生活費用，延誤一點時間又算得了什麼。在病最危急的當兒，他一次在天快黎明時醒來，見她還沒有睡，在床邊伴著他，他曾感動得流淚，現在竟為一點小事生氣，他的脾氣愈老愈古怪了。

她已結束臉部的化妝，對鏡扭看全身。她穿一件淺黃色旗袍，生命力像從繃緊的衣服內綻裂。她裸露半截膀子，他覺得寒氣由蘭英身上溜向自己的脊背。他放下書，兩手裹緊大衣，好像暖和些。

蘭英顧盼全身後，目光轉到吳老頭的臉上；他才發覺自己正呆視著她。他知道她在徵求自己的意見。

「美極了。」他說。

但他並不喜歡她在臉上紅紅綠綠的亂塗。他生病前，她不是這樣的。她的眉毛、嘴唇、面頰……都是自然的，沒經過人工的修整，那的確很美，現時太俗了。他不願再看著她，目光拉到對面的牆壁，從掛在牆上的帽子，移到日曆，他又看到蘭英的面龐了。他很驚訝，略一定神，才看出那是他太太的遺像。

壁上祇差一只電鐘，他就覺得空落落的，那是他生病期間賣去的。他家中的值錢物品都沒有了，搬走沙發是在病後兩個月，第三個月就開始當西裝、賣衣櫥了。他身上的大衣，是最近才贖回的。

她對他笑笑。「我走了。」

「嗯。」他說：「別著涼。」他示意要她將披在身上的大衣穿好。她這件大衣是新買的，質料很好，他想一定很貴。買回家，他就生氣地罵她，後來想到那是她自己賺來的錢，也就算了。

「天很冷，要早回來。」他現在變得很嚕嗦，每天總是這樣關照她。

「不要等我，」她答。「夜點燉在鍋裡，吃了就先睡吧！」

蘭英套上大衣。「門不要閂，」她說，「我有鑰匙，你不要起來開門了。」她的眼睛停在抓手皮包的指甲上，那是搽著白色的指甲油，在燈光下閃閃發亮。

她跨出這間屋子，高跟皮鞋的響聲傳過來，接著便是開大門的聲音，她出去了。這是一順三間，外面做會客室，中間是吳老頭的臥房，蘭英住在最後。

他從椅上跳起，走到門前諦聽一會兒，慢慢將門打開一條縫，伸頭張望。見蘭英的影子，在左邊的路上晃盪，便安心地跨出大門。牆角踅來一陣冷風，衝進他的喉嚨，他打了一個寒顫，他無法確定自己是不是應該跟著蘭英。

她告訴他是在一個補習班裡做事。一天，他在無意中經過那裡，便進去看她，補習班中根本就沒有蘭英。回來問她時，她說臨時請了假。

這樣，他就注意她的行動了。她每晚都回來很遲，但她有許多藉口，加班啦，陪同事們玩啦……他不信任她了。昨晚就開始跟蹤，因相隔太遠，被她走脫，今晚他一定要查明她的去處了。

風呼呼地奔騰，月、星星都被寒流捲入雲層，涼氣像冰水似地澆在他身上。

「啊！太冷了。」他對自己說。

他豎起大衣領子，兩手插在大衣袋內，彎腰縮頸的向前走。

蘭英向右轉彎，他看不見她了。他急跑過街角，見她仍在前面，才放慢腳步。街上的行人很少，都很匆忙，唯有他像無目的地逛街。

巷內走出一個高大的漢子，在他面前閃過，他的心捏緊了一下。「那不是王老五嗎？」他暗自叫道。

他隨即對自己的懦怯譏笑起來，他為什麼怕王老五呢？他現在又不欠房租。

王老五來催房租時，他躺在病床上。王老五的口氣很兇，限三天之內繳清，不然就要趕他們出屋。蘭英在外面苦苦的哀求，希望他看在病人的面上展緩期限。王老五反狂叫起來，他就是因為屋內有病人，才這樣性急的要錢，不然，病人死了，他的房租向誰討呢！

吳老頭在床上聽得急了，便想到外面責問王老五為什麼這樣沒有情義。他從不欠房租，而且，建這房子時，他還借過錢給王老五。現在他病了，就要攆他們出屋，太沒有良心了。

他慢慢從床上撐起，摸著牆壁向前挪；但他的身體太弱，走到房門口便暈倒了；甦醒時，蘭英在床畔低泣。

霎時，感到人生很淒涼，如果他就這樣死去，不是一切的煩惱都沒有了，但他為了蘭英，他必須活著。

他睜眼微喟一聲，要她快去典當衣物，將王老五的錢還清。蘭英聽完更抽噎地哭起來，他追問後才知家中值錢的東西都當盡賣光了。

是的，他想起自己病了三個多月，天天打針吃藥；他沒有積蓄，也沒有親友可以借貸，那裡來的這許多錢呢？蘭英為了他的病，一定費去很大的心力了。

「去公司借吧！」他在公司服務五年，金錢的信譽一直很好，現在因病借薪，他想是不會有困難的。

她搖頭。「不。」她說：「已借了三個月，不能再借了。」

他無法再說下去，心縷縷地痛著。他知道自己的病，不繼續診療不會復元，可是現在的生活，已無法維持，他僵臥在床上，蘭英又有什麼辦法可想哩！

他將盯在天花板上的目光，移到蘭英的身上。她伏在床旁，頭髮凌亂地披下，肩膀聳動時髮梢也在飄盪，他知她哭得很傷心。

很久了，她忽地掏出手帕用力擦著眼睛。「今天……」她抬頭看著他，說：「我能──能借到錢……」

他一直以為她的眼睛是藍色的，這時他覺得她的眼睛是綠色的了。「快去，祇要借到錢，不管什麼條件。」他嘆氣道：「人們為了病和窮，可以忍受最大犧牲的。」

此後，他們的生活就慢慢好轉了，醫藥費就從沒間斷過，那該是一筆不少的數目呢！他想。

接著，蘭英找到職業了。她很少有時間服侍他，但他的病已慢慢痊癒，用不著蘭英成天伴著他。最使他難受的，就是在這時期蘭英變了，變得使他不喜歡她，更要時刻為她擔心，在這寒流侵襲的黑夜，還偷跟著她，他有點恨她了。他用力捋住左嘴唇的短髭。「今天一定要抓住她。」他說。

一陣風從對面撲來，他眼睛閉了一下，覺得眼皮很冷澀。睜開眼便見蘭英和一個男人在說話。不，應該說是那男人攔著蘭英在告訴她什麼。

他非常生氣，野男人為什麼會那樣無禮呢？但蘭英已和他談話了，他們像是互相認識的。他嘲笑自己的古怪脾氣，他可能是她的同事，甚至是他們的親戚，難道蘭英就不能和男人說話了嗎？

儘管他放慢了腳步，他已慢慢走近他們；他必須停止，不然，蘭英就看到他了。他倏然想起，如前面是他所認識的人，見他跟在蘭英後面，他將怎樣對自己的行為解釋呢？

這樣想起，他便掉轉身，在店鋪前徘徊，他看到一雙一雙女人的腳，在他眼前滑過，有高跟的、半高跟的、平底的……使他的視覺模糊，他略一凝神，才知道那是一家皮鞋店，他正呆立在女鞋部。

吳老頭的眼睛回到蘭英身旁時，那男人已離開她，正向他近旁走來。他要轉臉避開已來不及了。但他並不認識他，他歪戴著帽子，嘴裡叼著半截香菸，穿一身很縐的西裝，沒有打領帶。吳老頭心裡湧起一種厭惡的感覺，他不明白蘭英為什麼會認識這像流氓的人？

他要追上蘭英，不願再想下去；她現在已離他很遠了。幸而蘭英走得很慢，像大風頂著她走不上去，一步拖著一步，他又漸漸接近她。

這時風更緊，又飄起雨絲。尖冷的雨點，擲在他的臉上像小刀子挖著他的肌膚，他真想回家躺到床上，不願再跟著她。

背後傳來一陣急促的腳步聲，他側轉身，見一團毛茸茸的東西，向他身旁撲來。他楞了一下，才察覺那是一個穿皮毛大衣的女人，頭髮也是蓬蓬的縮在後面。她現在走到他身旁了，他連忙將頭縮進大衣領，但他覺得她掉轉頭看他。他的頭更低了，腳步放慢，她走到他的前面，他才輕鬆地噓了一口氣。他也說不出自己為什麼怕見她。這時他見了任何人，都感到心虛的，他想。

那女人已走到蘭英身旁。使吳老頭驚異的，蘭英竟認識她。她們互擁著向前走，走得很快，他自己也加快速度跟著。

她們轉了彎，他看不見她們了。他跑到前面，拐過彎就見不到蘭英的影子。這是一條小街，一直下去會轉入另一條街，但在轉彎不遠處，就有兩條短巷。他無法確定蘭英轉彎後是一直向前，還是轉入左邊或右邊的巷子。

他在兩面巷口張望後，便直向前走，走到另一條街，還沒有見到她。他慌了，連忙縮回細心察看每家店鋪，揣測蘭英可能進去的地方。店鋪的門大半都關了，但他藉著街燈的光亮，還可看出那些糖果鋪、理髮室、裁縫店、腳踏車行……這是一條冷僻的街道，祇有一些小鋪子，蘭英是沒有理由停留在這兒的。

他毫不考慮地踏入右邊的巷子。這巷子很長，很陰暗，他走到盡頭又回轉身。巷內的門窗都閉緊，每家的人像都熟睡，蘭英當然不會進去。他再走進左邊的巷子，走了幾步，便發覺這巷子另有出口，他匆急地跑著，彎入另一條小街，他這才領悟：蘭英是從這裡走出的。

這街道有點彎曲，像蜷臥著的毛蟲，門戶也被寒流堵塞，街上冷冷的，靜靜的，祇有吳老頭的鞋跟發出橐橐的回聲。走幾步，他的腳更沉重了，像所有的力氣都用光，無法再舉步了。

他看到一所高大的房子，樓上樓下的窗口，在嫩綠的窗幔旁，滲出緋色的燈光，屋內的人影搖晃，他彷彿嗅到春的氣息。

他僵立在那房子的對面，楞視「銀宮」的招牌。知道那是特種酒家，難道蘭英就藏在裡面嗎？他躡行在酒家的門前，偷偷向內張望，但屋內的一切，都被一架屏風遮住，他祇隱約地聽到一陣笑聲，那是男人混合女人的淫猥的笑聲，他不願聽下去，急急跑開了。他恍惚覺得蘭英倒在下流男人的懷裡縱聲大笑，笑聲尖銳地插進胸中，他的心被割裂了。

吳老頭蹣跚在街道上。他在這房子的附近徘徊，時刻注意著門口出入的人。他希望蘭英能夠跑出來，他在這裡捉到她，帶她回去，告訴她這不是她應該做的職業。他相信蘭英的本性是善良的，她祇是為了他的病，才跨進這泥淖，他應該幫助她恢復本性；他不能怪她、責罵她，她是在為他犧牲一切哩！

他們在今天中午吃飯時，她忽然停下筷子問他：「為了他人，犧牲自己，是個傻瓜嗎？」他馬上回答：「那是高尚的行為，因為人類是應該互愛、互助的。」他從沒有注意她所講的話，一直認為她很年輕，對人生的體驗還不夠深刻，他怎想到她說這句話時，是如何的痛苦呢？

風在頭頂叫嘯，雨點也變粗，淚水和著雨滴在臉上爬著，他的眼睛更昏花了，他的牙齒格格發抖，他真擔心自己會凍斃在街頭。他在一個陰暗的牆角，窺視那酒家的大門，一陣陣的冷風裹著他，他覺得全身內外都沒有一絲暖氣，病後體弱的他，實在耐不住這嚴寒的襲擊了。

「蘭！」

他吐出一個單音，便戛然頓住，他看到一個女人，被擁在男人懷裡，從酒家走出。她太像蘭英了，為了要證實是她，他便趕上前去，但走了一半，就知認錯了人，她的頭髮和大衣，都不和蘭英一樣。他覺得自己的眼睛太壞了，在生病前他的目力是很好的，他起了一種悲哀的感覺。「哦！我老嘍。」他告訴自己道。

順著街道走了一程，他又轉回身。這時，他對自己的想法懷疑起來，他怎能確定蘭英在酒家呢？他沒有見她走進那大門，甚至也沒有看到她走進這條小街，這樣認為她墮落，未免太武斷了。蘭英受過教育，她在高中讀過書，讀過書的人，都不會太壞的。在他病中，她先變賣自己的裝飾品，然後才賣他的衣物，現時她怎會做卑賤的事，惹他氣惱呢？

冷風像剝盡他身上的衣服，涼氣灌進他的肌膚，他觳觫地抖著，覺得骨頭都變做冰塊了。

「回去吧！我要凍死了！」他將兩手套在袖內，嘴伸進大衣領內對自己說。

吳老頭向回家的路上走去，他沒有理由再停留在這兒了。他今晚或是明朝，可以盤問她在什麼地方和那些人在一起？他相信她會告訴他的。

他坦適地走著，忽然僵立在街心，「天哪！」他驚叫道。他剛才看到從酒家走出的女人，不是伴著蘭英走在他前面嗎？她的頭髮和大衣，都和從他身旁走過的女人一樣，她既然從這酒家走出，那麼，蘭英的去處還用說嗎？

一陣憤怒的感覺包圍他，他從袖管中拔出拳頭，揮向空中，他要向全世界拚命，他真不想再活下去了，但他立刻又縮回手，這又能怪誰呢？他還沒有明白全部事實。現在他必須等她了，他不能捨棄她獨自回家。

吳老頭的精力像被提盡，一步一步地挪往陰暗的牆角，盤膝坐著耐性等候。他雙手摸著凍僵的腳踝，一種冷冰冰的感覺使他心酥，但他覺得臉上有兩股熱流蠕動著，他抓了一把，滿手都是淚水，他無聲地哭了。

風在冰冷的夜裡抽擊，他蜷伏著注視酒家大門。他的血管彷彿被風吹得停止流動，手足的熱度節節向上延退，腦中僅剩的淒涼思想，也像被寒氣凝結了。

＊

清晨，烏雲低壓在頭頂，風仍猛捲著，人們聳肩縮頸地走在街上。今天的報紙角落裡擠出了一則短欄新聞：

寒流驟至

凍斃老翁

【本報訊】西伯利亞寒流來襲，天候奇寒，本市「銀宮」酒家門前，凍斃一吳姓老翁，死者生前有一女，名蘭英，死因在調查中。

——原載一九五七年六月二日《青年戰士報．星期小說》

懸崖

「妳喜歡這戲嗎？」走出戲院大門後，我輕聲地問婉。

「不。」她說。「這些地方戲，都是後花園私訂終身，才子佳人大團圓一類的故事，怎會引起我的欣賞興趣？」路上燈光很暗，我無法看清她說話時的表情，但從她的語氣中，可以聽出她帶有幾分自信和傲意。

「妳以為沒有結尾的故事，一定比大團圓更有意義？」

「我是說它千篇一律啊！」

「故事本身都是千篇一律的。」我說，「戲的好壞，就要看人們如何的去演了。」

這時穹蒼低壓在我們的頭頂，淡淡的春意，正摻匀在細細的雨絲裡，輕拂著我們的面龐。路面雖是濕漉漉的，但我們卻輕快地踏著前進。

「你很高興到伍先生家來嗎？」她問我。

「是的。」

「那你也一定喜歡伍先生的妹妹淑芬了？」她語句中有點酸溜溜的意味。

「妳也是那麼想嗎？」我奇怪地問。因為我知道伍先生和伍太太是怎麼想的。

「這不是很合乎邏輯嗎？」她說：「年輕的紳士，喜歡漂亮的小姐。」

「這種主觀的推論，」我否認著道：「往往與事實不相吻合；而且，妳更忽視了客觀的因素，對一個人會發生多大影響。」

她沒有作聲，彷彿是在細細衡量我的話；但我自己知道，這抽象的論調，她是很難領會的。我曾經為著神經衰弱，請了假來到這小鎮養病。實在說來，這祇是機能的心理疾病，毫無機體的原因，因為我有著極度疲勞的感覺伴著人格解體的意識，我常覺一切皆空，甚至懷疑自己的存在；並且有時還自覺失去了原有的個性。

來到這小鎮後，知覺發生的擾亂，和無謂的憂懼雖已漸漸祛除了；但我仍整日的抑鬱寡歡。為了遺棄自己的煩悶，每天總是到伍先生家裡，消遣整個的黃昏；因為他是我在這裡唯一的朋友。

伍先生是做生意的，成天在錢和計算機裡打滾，正如同寫文章的人在字和稿紙堆裡動腦筋一樣。他和我談得並不投機，由於我對他的生意經，毫不感到興趣，所以他對我也非常冷淡，照理我是不會再來了，但我仍出入在他的樓上，那是因為在他家裡認識婉。

婉有高高的身材，長得十分苗條，彎而長的眉毛，挺而直的鼻子，像弓箭一樣地自然陳設在橢圓形的面龐上，令人見了就生美麗的感覺。

當我覺得不來伍家內心感到焦灼和徬徨時，我不能確定是為了婉，因為伍先生年輕的妹妹，也同樣的吸引了我，可是後來的事實告訴我，我已深深地墮入婉的情網中了。

每天在伍先生家裡，我和婉談著戲劇、藝術和人生問題，她對這些問題都有獨特的見解和看法。當我們一次談到人類生活時，她說：「有些人表面雖然富足，而他們內心的生活卻非常貧乏和空虛！」

在我們議論的中心，未歸納得一個結論時，她憤懣地說道：「一個圓心中，可以畫出許多半徑，為什麼生活的方式，不能有若干種呢？」

我對她的言論，雖然感覺新穎，但有時覺得晦澀難解，我不知道她那些話句中給我多少暗示？而那些暗示又指著什麼？我真慚愧自己的幼稚和淺薄，但我不能因此而離開她，因為有她在身畔我才不覺空虛，才感到自身的存在，這是治療神經衰弱最好的方法，我想。

昨晚，她約了我看這小鎮上唯一的地方戲，但在這戲沒有演完的時候，她又忙著催我出來。

忽然，她左腳向後急速的傾斜，險些滑倒在地上，我連忙將她扶住，她站穩後又繼續前進，我圍著她腰的手沒有放下，她並沒有拒絕的表示，我祇是覺得她在緊緊的偎依著我。

「我剛想起三個月前，」我對她說道：「最初見面時，不以為妳是結了婚的人。」

「當你知道我結了婚，就討厭了嗎？」

「不。」我說。並用手抱得她更緊些。

「為妳，我才會天天和他們玩在一起的。」

「為了我？」

「是的。」我說，「這還需要解釋嗎？」

我們從黑暗的小巷中走出，正經過一段燈火明亮的大街，迎面走來一個男人，仔細地盯視著我們，我感到他的目光冷峻而嚴厲。我不自覺地將圍著她腰部的手滑下，當他擦過我們身旁後，我心虛地扶起大衣領子，藏起自己半個面孔。我第一次感到跟婉過分親熱是不合理的。

「你認識他嗎？」婉也感覺到了。

「我在這裡，除了伍先生一家外，是沒有熟人的。」

「那你為什麼要這樣做呢？」

「我覺得有點冷。」我縮緊了上衣說道：「看，雨大起來了。」雨絲已漸漸變粗，風似乎也吹得起勁些。

「現在雖不是冬天，」她說，「但還沒有春天的意味！」

又踅入一條小巷，很快就到她家門口。她拿出鑰匙開了門，然後命令似地說：「進去坐一會兒吧！」

雖然我深知夤夜進入年輕少婦獨自的家，是如何的不相宜，但在略一遲疑後，便跟著她跨步入門。因我的內心是極希望進去的。

她沒有在樓下停留，逕自向樓上走去，當她捻亮了電燈以後，我才知道這是她的臥房；但我已不便退縮了。

房間的陳設相當華麗，但並不庸俗。有精緻的家具，柔和的燈光，古式的床架油漆閃爍著光輝，帳沿上的流蘇似在微微地顫動，鮮豔的枕褥，彷彿在發射出誘惑性的色彩，春雖然被關在窗外，但淡藍色的窗幔，在紫紅色的燈光裡，卻盪漾著使人迷醉的氣氛。我覺得婉已控制這整個房間，而房間中的一切，卻已控制了我整個的心。

「半年前，妳在這兒結婚嗎？」我說：「這是一間漂亮的新房。」

「是的。」她說，「但並不漂亮。」

「妳獨自住在這兒，不怕寂寞嗎？」

「怎麼不怕呢？」

「那妳為什麼不和馮先生住在一起？」

她抬起頭看我一眼，像是嫌我問得太多似的：「他住在城裡，星期日才能回來。我本想搬進城去，但後來，」她凝視著我半晌，然後嫵媚的一笑，像非常吃力似地說：「我改變了主意。」

這時她正慵懶地斜倚在椅上。從檯燈影映的光輝裡，我端詳著她那圓暈的面部輪廓，以及微微抖動的嘴唇，和淺淺的笑靨。她眼中正放射著異樣的光彩；我知她沒有喝酒，但直覺地意識到她已喝了兩甕，而這許多酒，都從她那深邃明亮的眸子裡溢了出來。

我覺得自己的脈搏跳躍的速度加快；血管已經破裂，血已在血管外奔騰了。一陣本能的衝動，使我從椅上跳起來，迅速地過去擁抱著她。她並沒有反抗，彷彿已癱瘓在我的手臂裡了。

俯身上前，我吻著她那海綿似的嘴唇，感覺她的心激烈的跳躍，已和我的心溶化在一起了。我略一用力，就輕輕地將她抱起，側轉身將她放倒在床上。此刻我理智的堤防，在這情感突然爆發的狂瀾裡，已瀕崩潰的階段。

就在那轉側瞬息間，我瞥見牆壁上的婉和她丈夫結婚的照片，看到他們兩人面上都現出幸福的微笑，我突地怔住了，我深深地感覺：對婉超出友誼範圍的舉動是不合法的。

這時，紊亂的情緒已全部綰住我的大腦神經。一些銳利的觀念，如道德、罪惡、良心與責任等等，均在我腦海跳躍，雖然我讀過許多書，但此刻無法在那浩瀚的書帙裡，找出一個適當的詞彙，替自己的行為解釋和辯護。

錯誤雖然可以饒恕，但在自己生命史上，卻是永遠不能泯滅的一個汙點：我想。在神經衰弱中，人格解體祇是一種幻覺；如果真正喪失人格，那就悔恨無窮了！

血管中的血已慢慢凝結，脈搏的跳動也漸漸恢復正常，我已冷靜下來。

當我發覺床上的婉正木然地瞪視著我，而我正尷尬地站在床前時，心底泛起一陣歉疚，使我羞赧地衝出房間。

跑出大門，豆大的雨點伴著狂風包圍著我；但我卻感到有無限春意，正圍繞著我的身心迴旋。

綠衣使者的獨白

鄒平慢慢減低車速，但機件欠靈的自行車抵達家門，仍吱吱喳喳叫。孩子們聽到響聲，已竄出門外喊：「爸爸回來了！」

車停在走廊，他取下肩上的帆布袋，小強雙手接住說：「爸爸今天回來好早。」

他摸摸小強紅面頰。「背回去，放好。」

小英說：「爸爸抱抱。」

爸爸蹲下，右臂抱起不滿三歲的女兒。問：「小英哭嗎？」

「沒有，哥哥打我。」小英雙手拍爸爸的硬殼帽，發出砰砰聲。

「不哭就乖，爸爸會打哥哥。」他走進屋中，脫下帽子，小強搶去戴在頭上。

小強身背帆布袋，雙眼埋在硬殼帽內，跨大步伐轉圈子，尖起喉嚨喊：「有信啦，來拿信嗯——」

鄒平大聲喝：「放下！小強。不要吵！」

小強昂著頭說：「我要送信嘛！我是郵差。」

爸爸楞楞地看著九歲的兒子。小強現出倔強的樣子，像已立定志願，非送信不可。他決心辭職，再不幹這受氣的郵務士，想不到兒子這樣小，會愛上這吃辛受苦的職業？

他踉蹌地傾倒在圓籐椅上，小英偎倚在懷內。十年前，對所有工作感到新鮮、滿意。穿起綠色制服，覺得自己長高了一大截。背著郵袋、騎著車子，信、包裹、掛號、蓋章……忙碌而緊張。

走進一所大院子，揑著信遲疑，不知送往那一家。左邊側門，突地跳出一個中年男人。

有信嗎？

有。金德彪的掛號。

那人衝近他，抓走信，仔細看信封，看背面。大模大樣撕去封口，掏出信紙和匯票翻了翻，再套進封袋，遞回他手中。

金德彪住在樓上，今天不在家。

你不是金德彪？

他是我的房客。

你不是收信人，為什麼打開信？

我不是告訴你了嗎？我是房東。他欠了房租，為什麼我不能檢查他信件？

鄒平抓後腦勺，又氣又急。碰到不講理的人，沒有辦法。為什麼不問清姓名，讓信件給搶走？自己糊塗，又能怪誰。

好吧！請你證明：信是你拆的。

不！我不證明。信是你拿給我的。

我沒有要你拆。

你沒有告訴我不要拆。

愈爭執離題愈遠，吵聲驚動全院的人。誰都無法勸房東證明，祇好把信帶回。第二天，受信人拒收拆開的信。為了房租，雙方積下嫌隙，連累到不相干的郵務士。郵局派人解釋、道歉，金德彪才收下信；可是，他已受到記過處分。

受過教訓，信件再不輕易落在別人手中，祇是抓住遠遠地晃動。

你是這個人嗎？

不是。

那就不能給你看。

這郵差真小氣，看看有什麼要緊？

請你告訴他，明天留下私章。

誰管小氣郵差的事！

沒人管的信，我要退回。

你退回，與我何干？

不能賭氣，連跑三天，信才交給受信人。冷氣熱氣受不了，祇有不幹。太太說，我知道：你不論做什麼都沒耐心。你不做郵差，想幹什麼？成天在家抱孩子？

太太從廚房走出，見他抱著女兒，大嚷：「小英下來！爸爸累了，還爬在爸爸身上？」

小英滑下地，衝向哥哥身旁。「我要——」

「不行！」哥哥轉圈子躲閃。「女生不能背。」

「我要嘛！」小英雙腳擂跳，半閉著眼睛叫嚷：「媽媽！我要嘛。」

媽媽大聲鎮壓：「不許鬧！哥哥把帽子脫下，帆布袋掛起來。」

小英仍拉長哭腔：「我要嘛！我要帽帽。」

媽媽柔和地撫慰：「小英乖，聽話。誰不乖，誰就不要吃晚飯！」

帆布袋和硬殼帽被媽媽取下，掛上牆角的鏽鐵釘。兄妹乖乖地跟媽媽進廚房。

屋中很靜，靜得可以聽到心跳。太太是家中權威，大大小小要聽她的。他要用什麼方法，把自己的決定告訴太太，不致引起太太的反對？

該把受的委屈，一件件訴說？從第一次訴苦沒有獲得同情時起，就沒和她談過工作上的困難。咬緊牙根，熬了十年，不是容易的事。人的態度惡劣，狗對他也不友善。

鐵柵門上，掛著「謹防狼犬」的牌子，怵目驚心。普通信件，可以拋進院牆；但掛號的郵件和包裹要親交。

吶喊、敲擊、捺鈴。久遠久遠，主人出來開門。他很高興，沒有狗，也沒有吠聲。主人出面，狗就用不著行使職權了。

交接包裹。蓋章，主人問長問短。不能和閒人聊天，四百多封平信，加上六十多封掛號，是一個艱苦的上午。

包裹一定要用布包裝？

不是一定，封得牢固就行。

要加火漆？

漿糊、膠水、針線縫都成。

彷彿起了一陣急旋風。聽到狂妄的汪汪聲，肥碩的狼狗，已抓爬在他頭上。迷迷糊糊，分不清是腳爪、狗牙，把簇新制服撕破。頸、肩和膀臂上的皮肉裂開，噴射濃豔的血。

主人搶抱著壯大的棕黃狗，輕拍頭頂，陸克乖！

畜生急速搖動尾巴，洋洋得意。

怒比皮肉痛苦難受。眼看著驕橫的狗，想起尖銳的刀，香味噴溢的狗肉。

有沒有狂犬病？

沒檢查過。

這樣兇惡的狗，為什麼不關起來？

你為什麼不小心？沒有看到牌子？

你站在我身旁，你該負責——

狼犬的主人，表現得很慷慨。自願負責醫藥費，賠償破損的制服。可是破損的心靈，沒法賠償。他默默離開，沒有爭吵，更沒有接受金錢彌補損害的辦法。

太太補好制服；檢驗、療傷花費不多。狗主人不明白他不接受賠償，是由於主人的態度，比狗更惡劣。太太沒有眼見，更不明白這複雜的道理。她迷惘地追問細節，祇有朦朦朧朧地說了一些。

狗為什麼喜歡咬你們？

因為綠衣服特別。

衣服特別，就會被咬？

聽過「吳牛喘月」的故事嗎？

沒有。

花很多時間解釋：北方的牛，到了南方，特別怕熱。見了圓圓的月，便以為是熱烘烘的太陽，不自覺地氣喘起來。

太太用心研究喘月的牛，忘記仗主子勢力咬人的狗；更忽略了丈夫受害後的態度。她是個粗心大意的女人，看不遠、想不深，不懂得體諒人和人的關係，他不會怪她。

太太伸進頭說：「吃飯了，還在想什麼？成天就是胡思亂想！」

他驚訝地站起：「這麼早就吃飯？」

「六點了，還早？」

在飯桌上，小強和小英搶魚頭吃，媽媽兜頭給小強一個巴掌。小強的嘴巴歪了歪，淚珠在眼眶裡打轉。爸爸用眼色和手勢，增加小強的勇氣，沒有哭出聲。

太太管孩子沒有方法。值得為這點小事動肝火？可以勸哥哥讓妹妹，也可以勸妹妹讓哥哥？不告訴孩子道理，使用武力，這是野蠻教育。社會上多的是不講理的人，父母該負責任。小強長大了，像薛公行那樣不講理。那多可怕！

不講理的薛公行，還當小主管，令人氣憤難平。送收音機執照給他，空跑三趟，沒見人影。拜託鄰舍通知他留下執照費（註：當時的規定如此）。

電話比他先到郵局，薛公行在公司的辦公室。執照為什麼不送到公司？

別人轉告電話內容，局長面龐鍍上不滿神情；還有一連串的問號：為什麼要偷懶？為什麼不早點送到人們手上？為什麼……

沒有向局長解釋空跑經過，立刻趕到公司，繞了幾個彎，在工廠找到薛課長。

看執照正面，兩分鐘；反面，一分半。急著回郵局登記、分信、代領匯款；還要早點回家。小強生日，爸爸要買禮物。玩具手槍。兇器，不好。買一枝鋼筆，鼓勵讀書，爭取好成績。再過三年升中學，再念大學。這孩子很聰明，應好好培植，千萬不要做郵務士！為了一張收音機執照，站在風地裡受委屈。今年執照的樣式，印的字和以往相同，要檢查三分半鐘？秒針跳過去，是四分。

今天沒有錢。

離開你打電話時間，才十六分鐘！

我說有錢？

沒錢，叫我來幹什麼？

要我的執照。

執照抓回，掉轉身就走。和不講理的人辯論，是浪費生命。走進郵局，局長的臉比關公還紅。

為什麼對人沒有禮貌？

誰說的？

薛課長的電話，還會錯？

是他耍我，故意拿我們寶貴時間開玩笑！

民眾都是對的。為他們服務，就該學習耐心、耐性！

「趕快吃！」太太惡狠狠地手指著小強。「不乖，當心你的皮！」

小強偷窺了母親臉色一眼，僵握住筷子的手，開始扒飯。

爸爸皺皺眉，搖搖頭，替孩子不平。

太太說：「爸爸像死人一樣，什麼都不管！」

他不得不說：「孩子小，不懂事，慢慢管教。妳該學習耐心、耐性——」

太太的喉嚨更粗：「你的耐性好，耐心大！看：看小東西個個都不上相！」

嚥住氣，不響。他不能牽入太太和孩子中間。對孩子沒耐心，對丈夫也沒有耐性。太太該心平氣和討論孩子管教問題，為什麼要大聲鬧嚷？談工作上的困擾，太太會譏笑、辱罵，不談。堅決辭職，會有怎樣的反應？呼天喚地，大吵大鬧？哭哭啼啼，晝夜不寧，確不是滋味。

不理她。想法岔開注意力，她喜歡盯住一件事，嘮嘮叨叨。女人嘴碎，本性難改。

放下碗筷，站起。走回客廳，抽出帆布袋夾層的一疊鈔票，擎在太太面前。

太太又驚又喜：「發薪水了？」

「沒有。」

「那兒來的？」

「別人的匯票，託我代領，」他把厚厚的一疊鈔票，平放在太太面前。「先收起來，明天帶給人家。」

太太點頭，抓起鈔票往內走。她愛保管錢，不管是自己的，別人的。見了錢，太太會忘記生氣的事。

小強問：「人家相信爸爸？」

「當然相信。」

「要蓋章嗎？」

爸爸懂得小強的意思。代人領款，要不要給人家憑證？不要。掛號信交給別人，蓋章。受信人打開封口，拉出匯票，交在他手內。

下午領到錢，明天才能帶來。

不要緊，甚麼時候帶來都成。

你相信我？

笑話！天天見面，還怕你跑了？

跑不了，會賴。

不怕，不怕，你不是那種人。

巴掌重重拍在肩上，一陣暖流隨著手掌壓力，布遍全身。那人認識他的綠色制服，不知他姓名。除了授受信件，沒有交往，卻把上千的鈔票託他代領，不用憑據。可是，他不行。一張紙，祇要是掛號，就得蓋章。稅單、法院傳票、合會的催款通知……一大批、一大批飛來。蓋章、蓋章……嘴唇說破了，就是不蓋。

人不在家，怎麼可以代收？

你是他的直系親屬啊！

你怎麼知道？

不會錯。上次的報值掛號，你拿出身分證，說明你和他的親屬關係。我印象深刻，沒忘記。

今天不行。上次的掛號是權利，權利怎能拒絕？

能享受權利，就該盡義務。

我不接受教訓，不收就是不收。

也不講道理？

我和誰講道理？他本人不在家，信收下，交給誰呀？

賴著不走。信送不出，怎好交代？不講理的人多的是，能把每封掛號退回？而且法院傳票不能退還。

這房屋是受信人的吧？

是的，你交給房子好了。

有人要把你趕出去，不讓你住，你不抗議？

不但要抗議，還要反對！

反對的理由是什麼？

用不著先告訴你。到時候，自有辦法。

沒有結果。祇有勞動管區警員證明，把信貼在門上。回到郵局，同事們嘻嘻哈哈！

又進了一次警察派出所，老鄒？

唔——不講理，沒有辦法。

我從沒進過派出所。你真「棒」！

丟人！

另一個說：我也沒請警察幫過忙。你呢？

沒有。

他們的話可靠？大家運氣好，沒有碰見不講理的人？還是自誇才能，故意使他難堪？

「幹不幹無所謂，我不在乎！」他猛拍飯桌，竹筷、湯匙躍起撞擊，稀里嘩啦。小英哇地大叫。

小強拉住他右膀臂，連連搖晃。「要不要蓋章？爸爸還沒有告訴我。」

「小孩子，不要多嘴。」爸爸大聲吆喝：「少管閒事，吃飯！」

太太衝出，咻咻地說：「我離開一步，大大小小鬧成這樣子！你的耐性呢？」

小英哭著喊：「媽。我不要，我怕！」

媽媽半蹲著，彎腰輕撫著小英：「別怕，媽媽在這兒。乖，快吃。」

小強說：「小英頂壞！」

媽媽的臉轉向小強：「你別多嘴，快吃！」

咀嚼聲，碗筷撞擊，湯匙叮噹，呼嚕嚕。他們吃得很開心，可是他沒胃口，真想把筷子一推，說：我不要吃了！

那不行，太太會問長問短：病了？那兒不舒服？為什麼不去看醫生？沒有生病，是生氣？誰得罪了你？我知道：你不喜歡窩在家裡。在外面，成天逍遙自在，東跑西逛，有說有笑。回到家，就愁眉苦臉。還是出去「野」吧！

我什麼話都沒說啊！

沒錯！什麼話都不說。你有話悶在肚裡，就是不告訴我。不把我當太太看待。我知道你變了，變心了！

太太一把眼淚，一把鼻涕啜泣，那真夠掃興。還是乖乖吃完飯，等廚房裡的忙碌結束，再討論自己決定的事。太太會同情他受的委屈，贊成他辭職。天下的職業多得很，三百六十行，那一行不能吃飯？為什麼一定要受駱德儉的氣？

他時常向太太提起駱德儉，太太該記得這個好人。可是好人有時也會做出傷害別人的壞事。

駱德儉住得偏僻。走出小鎮不少路，翻過山頭，才到那個小村莊。再遠的路，有信照送，怎麼偷懶？駱德儉很怪，訂了一份郵局代辦的英文報——送報生不願意花那麼大力氣，走那麼遠的路哩！那麼，他祇好每天去駱家。人情味很夠，見面一杯開水，有時再敬一支菸。

收報費，喝水、吸菸。還不想走，又累又倦，隨便聊聊。

隔壁的葛先生不在家？

晚上會回來。

葛先生有掛號，請他留下私章。

信留下，蓋好章，明天給你。

不可，送現款的信，一定要交在他手裡。

駱德儉的眼睛鼓得又圓又大，從圓背藤椅跳起，左手撐腰，右手指著他大吼！

你不信任我！我是壞人？

不是不信任，那是規定。

拿規定來唬人，鬼才相信！和你做了三年多的朋友，你認為我會吞沒鄰人的現款！

我沒有那個意思。你冤枉了人！

好，不冤枉你。你把信交給我，試試看：會不會出錯？

遲疑又遲疑。看著駱德儉的額角滾汗珠，不知怎麼辦？錢賠得起。出了錯，又要受處分。局長的面色難看；同事們又嘻嘻哈哈。誰要你亂做好人？知人知面不知心啊！你真是又忠厚、又老實——老實就是無用的別稱啊！老鄒你不知道？知道得太多，上過當也不少，還能再上當？

很抱歉，駱先生。我不能破壞郵政規定！

你固執，不通人情。好吧，把剛才的報費還我！

為什麼？

我要慢慢給你，讓你跑二十趟，或是三十趟！

可是，報費已在我袋內。

還給我！

不還。

不給我不行！

駱德儉的臉色忽明忽暗，兩手擄衣袖、瞪眼、喘氣、一步步逼緊。像打架、像要用武力搶奪，該小心防範。退後一步，再一步，倚著門，提高警覺，雙手準備戰鬥。

我有生命，錢拿不走；除非殺死我！

沒有那樣大的仇；那樣做也犯法，不幹。可是，再收報費，瞧吧！

以後還要向他收報費？停掉駱德儉的一份報。局長說，你衹會鬧意氣，三十歲出頭了，兒女成群。

沒有學會容忍；動不動得罪顧客！

「鬍子」刮得光瞪眼，無理由申辯。駱德儉仍是顧客，以後等著受顧客的氣吧！

他推開筷子立起，大聲嚷：「我不吃這碗飯了！」

太太像猛吃一驚，從碗口抬起頭，看看他，再看看那滿碗的飯，眉尖扭了扭。說：「不吃不要勉強，等會兒，再煮麵條吃。」

小強說：「我要吃麵！」

小英說：「我也要。」

媽媽拍響桌子：「不要吵，好好吃飯。誰不乖，誰就沒有麵條吃！」

踱回客廳。仍聽到碗筷鏗鏘，湯聲呼嚕，孩子嘰嘰咕咕，太太吆喝嚇阻。家中很鬧，鬧得心緒不寧。

不對。孩子吵吵鬧鬧，家才有生氣。他能忍受死樣的寧靜？看樣子，太太使這家保持平衡已夠煩，他還要加重她的心理負擔。不吃這碗飯，又有什麼飯好吃？做一行，怨一行，吃那行飯不受氣？除非你坐在家裡享受。你有資格白吃、白喝？你願意嗎？

不願意。講理也許會贏太太，但今天不是好時機。坐下，拉出晨報。真忙，大標題還沒有過目，這也是最好的理由。做人，該忙得像頭拉磨的驢？

太太把頭伸出廚房大嚷：「吃過飯，就坐著看報！不能動一動嗎？」

摔下報紙，站起。瞪住又黃又瘦的面孔，真想狂吼：「妳不能讓我靜一靜嗎？」不能用這態度對太太。她是關懷丈夫，根本不知他腦子裡想些什麼？怎能怪她？現在什麼事都沒有發生，祇是自已神經過敏，想得太遠，所以——他向太太身旁走去，笑笑說：「我還是和孩子在一起玩玩吧！」

太太搖搖頭，說：「你看，你就像個大孩子似的。那一天才長得大啊？」

背轉身，倒抽一口冷氣。他又能說什麼呢？

——原載《自由青年》月刊

成長的故事

風聲挾著豆大的雨點，呼啦啦地搖撼門窗、牆壁，整個屋子似乎在抖顫。洪耀中縮著頸子，凝視那桌上閃爍的燭光。

他問：「颱風轉向了沒有？」

父親不耐煩地說：「沒有。」

「我們的屋子會垮嗎？」

「不會。」

洪耀中知道問這些話是多餘的。電燈跟著一陣大風響的時候熄了，明滅了幾次，就沒有消息。電停了，沒有辦法聽收音機，誰都不能確定颱風從那兒經過？威力到底有多大？可是，他怕。他不願守著這寂寞。他希望聽到談話聲、音樂聲——收音機為什麼不響了呢？甚至於他願意聽吵嚷聲、哭鬧聲，不喜歡聽這叫囂的風聲、雨聲。

他說：「弟弟！你看到外面那棵鳳梨樹嗎？」

弟弟兩腿跪在椅上，正向窗外張望。這時，外面天色並不太暗，他從魚肚白的玻璃窗上，看出灰濛濛的外景。

弟弟說：「樹搖過來，又搖過去，好像很得意。」

「會不會倒？」

「不會。」

「你能擔保？」

「那——我不知道。」弟弟的語調猶豫。「你自己來看嘛！」

可是，他不敢看。看著、看著，鳳梨樹的葉子折斷，樹幹歪倒下來，那像人的屍體僵臥在院中的慘象，看了會使他無法安睡。

去年的颱風來時，吹倒了一棵芭蕉樹。芭蕉樹直挺挺地躺在院角落，使他想起死去多年的媽媽。

媽媽躺在床上，嘴巴張著，眼睛一隻睜，一隻閉。爸爸坐在床邊流淚、擤鼻涕。屋中擠滿了左鄰右舍的伯伯、叔叔、阿姨……來了兩個陌生的男人，抬起了媽媽，放在門口的擔架上；再蓋上一塊長長的白得發黃的布，抬走了，永遠見不到媽媽了。

以後他怕，幾天幾夜常常在夢中驚醒。夢見媽媽披著頭髮，抱著弟弟向他走來，哭哭啼啼——

可是，媽媽沒有生弟弟，祇生他一個。弟弟是在媽媽死了半年之後，才由現在的母親生出的。

現在的母親說：「你該叫我媽媽，叫他弟弟。」

是的，他有時喊弟弟叫小華，有時叫弟弟。弟弟是無辜的，他不知道為什麼要來到這社會？也不知道在什麼時候來這社會才合適？可是小華的母親是大人，大人就不該在母親死了不久，搬進他們的家，很快就生下了弟弟。

當然，媽媽的屍首眼睛不閉，與爸爸、小華和小華的母親有關。誰知媽媽是氣死的？還是自殺的？

他對弟弟說：「如果你看到樹要倒了，告訴我。」

弟弟說：「哎呀，危險、危險。幾幾乎彎下地去，站不起來。」

他的心砰砰跳。「小華，你不要嚇唬人好不好？」

「你看，是真的嘛！看，看，樹葉子先倒下，樹身再往下倒。噢，噢，又撐起來了。」

小華的話不會假。他從風聲的叫囂中可以聽得出。但他受不了這打擊。如果這樹真的倒下，他將如何活下去？每天放學回家，便圍繞在樹旁，摸著那大而光的葉子，手指輕輕的在葉邊銳鋸齒上拉動，有微微的麻辣味道。為什麼他要故意虐待自己？不，那是一種精神上的享受，比家中人對他不冷不熱，不痛不癢好得多了。

背著書包回家了，見父親坐在客廳翹起腿看晚報。他大聲喊：「爸，我回來了。」父親沒有抬頭。祇是「唔」了一聲，說：「你媽在廚房裡。」

如果他走進廚房，喊一聲「媽」就好了。可是他喊不出口。媽媽已死去，用一塊白布蓋起被別人抬走了。而且弟弟仰躺在母親膝蓋上，勾著頸子和母親呢呢喃喃。母親正低著頭，凝視著弟弟嬉笑。那是一個非常親暱的鏡頭，他為什麼要岔進去，打破這氣氛？

小華的母親，對他很不錯。他無法說出她的壞話。「耀中啊，你的衣服該換了。乾淨衣服在這兒。」

如果他在外面玩，回家較遲。她一定要問：「肚子餓了吧？弄飯給你吃。」

他說。「不餓，吃過了。」

「再吃一點吧，幫你留了荷包蛋。你愛吃的。」

吃過以後，還是覺得不開心。那是表面工作，裝樣子的嘛。

他真佩服小華的母親，樣子裝得很像。在學校註冊時，她說：「這是學費，拿去註冊吧。這學期再不能不用功了，你知道你爸爸怎麼說嗎？」

「不知道。」

「他說你不肯念書，就不讓你白花金錢和時間。要你去學木工、鐵工、泥水工……」

他低頭沉思，不想回答。誰知他講的是真是假？如果父親真有這樣想法，那還不是她在背後唆使的？

「當然，我不會讓你爸爸這樣做。」小華的母親說。「我們祇有兩個孩子，一定要好好培植。你還是安心的讀書，拿個好成績給你爸爸看看吧！」

可是，怎麼會有好成績呢？從來不想摸書，抓起書本頭就痛。

英文老師喊他起來回答問題。脹紅著臉，不知道。數學老師要他上黑板演算，他祇能在黑板上畫圈圈。

男女同學哈哈笑。老師說：「原來你不是『紅中』，卻是一塊『白板』！」

爸爸為什麼要替他起這樣一個名字？別人大聲叫他，中間的「耀」字音沒有了，祇有「紅中」兩個字。經老師這麼一說，又多了一個「白板」的綽號。大家在人前人後，喊他「紅中」、「白板」或是「白皮」，使他心中多煩哪。煩有什麼用？你能禁止別人不叫？

神經彷彿也被銼得麻木。可是有人還會學他在課堂上那種目瞪口呆的樣子，能為這點小事，和同學動刀動槍？還不是忍忍算了。回到家，他在鳳梨樹旁看到蓬蓬勃勃的樹葉，又厚又重的沉甸甸的果實，他會忘記這些煩惱、刺激。

弟弟回過身來，看窗外的樹，面對著他說：「你愛鳳梨樹，比任何東西都愛。如果你這樣愛你的書，功課就好了。」

他胸中的氣往上升。他說：「你敢？你敢教訓我？」他兩手插腰，走向弟弟。

父親說：「你要怎樣？小華的話沒有錯。你是哥哥，還不如弟弟懂道理！」

他停在屋中。燭光晃了晃。他希望燈光隨著風聲熄滅，可是光燄又穩住了。父親和弟弟的目光都盯住他，他怎受得住？向前、退後都不是辦法，唯有燈滅了，他可以抱頭暗自哭泣。現在他又能做些什麼？

他說：「你祇偏護弟弟。成天弟弟長、弟弟短，心目中就沒有我這個『額外人員』——」

沒有說完要說的話，洪耀中就感到後悔。倏地又回到自己坐的椅上，雙手抱頭沉思。

父親說：「你怎會說出這樣的話？說這樣的話有什麼意思？你的書念到那兒去了？」

錯了，錯了，一百個錯了。他們可以說他是家中的「額外人員」，但不許他拆穿。看電影，聽音樂，爬山玩水，參加宴會或是到親友家走動，只有弟弟陪伴著他們。帶著弟弟，可以向別人炫耀。「小華今年的成績，又是第一。」

牆壁上貼滿弟弟的獎狀。媽媽指著獎狀對姑姑說：「你看，我們小華，又聰明、又肯念書，將來可真了不得。」

姑姑問：「耀中呢？」

爸爸說：「不要提耀中了。耀中不學好，不念書，誰也不理，真是我們家的『額外人員』！」

他聽後，淚從眼眶中湧出。父親說這話時，就沒有想到他在房中會聽到他們的談話？難道是故意刺激他，要毀壞他的自尊？

現在當作父親的面說出這樣的話，父親也感到愧疚？耀中的媽媽雖然死了，可是他和耀華一樣，仍是你的兒子，怎會是家中的「額外人員」？

呼啦啦的風聲，像猛撲在他的四周，房屋鈴鈴動，門窗格吱吱跳躍。他真希望屋子跟著風勢垮倒在地上，那樣一切的難題都獲得解決；他也不必窘困在他們的面前。

弟弟大聲喊：「完了，完了！鳳梨樹倒了，爬不起來了！」

「不要說鬼話騙人！」

「誰騙你？」弟弟扭轉頸子對他說：「你自己來看嘛！」

他衝到弟弟身旁，沒有錯。鳳梨樹枝葉凌亂倒斃在院中，像一個披頭散髮的屍體，祇是沒有白的屍布、擔架。

沒有考慮和停留，他躍向門旁旋開門鈕，風雨筆直地向他身上堆砌。他聽到父親厲聲地吆喝：「耀中，你幹什麼？……」

他右手鬆開門柄，便竄入風狂雨急的天地中。他僵立在偃臥的鳳梨樹旁，雨水潑灌著他的頭髮、面頰和全身。如果不是下雨，他會伏在樹枝上嚎哭；可是現在他祇能默默地為她舉行葬禮。以後他再沒有機會為這友伴服務，再沒有辦法消磨自己的時間了。

「回去，趕快回去！」父親抓著他濕淋淋的衣服和膀臂。「發什麼瘋？是不是想找死？快跟我回去！」

父親的聲調，在風雨中顯得脆弱而無力。但他不能再僵持下去，除了回去躲避風雨以外，他又能為鳳梨樹做些什麼？

屋中比外面寧靜多了。弟弟、母親都用憐憫的目光看著他。父親已往房內換衣服，他仍讓濕衣服膠黏在自己身上，任雨水沿著褲管向下滴。

母親說：「受涼了，快去換衣服。」

「不要。」

「哥哥真勇敢！」弟弟說：「你為什麼那樣愛鳳梨樹？鳳梨樹又老，又醜，一點都不漂亮！……」

「你是小孩子懂得什麼？」

他眼角瞥見母親用目光阻止弟弟說話。母親說：「你不要聽小孩子話，還是去換衣服吧！」

弟弟說：「好，好，我就是小孩子，你是大人，看你這大人做的事，比小孩還要傻！」

小華的年紀雖祇十四歲，但聽聽口氣，比大人還要老到。他知道小華眼中，一直沒有他這個哥哥。弟弟定是受了母親的影響——父親對他冷淡和漫不關心，當然也是直接或間接受了母親的影響。

現在他穿著濕透的衣服，站在屋中，母親也像小華一樣：認為他傻？

這不值得奇怪，他一直被認為是「傻大哥」。和他同班的同學，都是大一的學生了，而他因為留級，今年又沒有考取大學。

爸爸說：「你真丟人！那麼多學校，那麼多名額，一個名字都掛不上。」

媽媽說：「不要急，補習一年，明年再考，還不遲！」

弟弟說：「四年之後，看我的。準是考上第一志願！」

家中沒有辦法待下去，找同學玩玩吧。同學說：「你不必難過，假使你這個『白板』傻大哥都考中了，別人還考什麼？」

老同學說的話，不能生氣，更不必計較。同去看電影解悶。

走在路上，碰見一個長頭髮的女孩子，很美，眉毛又彎又長。同學為他介紹：

「這是老同學洪耀中，這是金小姐。」

她問：「他在那個學校念書？」

同學說：「剛畢業，現在念『無邊大學』。」

長頭髮唔了一聲，就沒有再理他。他們談得很起勁。

他在他們身旁站不住。右腳猛踢路旁一顆石子，石子斜飛了一截落下，咯咯蹦跳。他掉轉身向前跑。

同學趕上他。問：「為什麼對女孩子這樣沒有禮貌？」

「她瞧不起我，我為什麼要瞧得起她？」

同學哈哈大笑。「你真是一位道地的傻大哥！」

母親說：「你真像弟弟說的那樣傻？不換衣服，凍病了，才划不來哩！」

父親換了衣服從房內走出，瞪起兩眼指著他說：「你今天怎麼攪的，傻里傻氣的。到現在還不去換衣服，真想找死？」

現在誰的話他都不聽。媽媽死了，鳳梨樹倒下，還有什麼值得留戀的。生命不可知，吉凶不能預測，青春、衰老、死亡……對他好像都不重要，重要的是他站在這兒，仍堅強地沒有倒下。

在一陣分量很重、氣魄雄偉的風聲滾過時，弟弟大聲喊：「不得了啦！屋垮了，屋頂吹跑了！」

洪耀中打了一個冷顫。突地覺得風雨又從頭頂和脊梁灌下。燭光顛簸了一下，跟著就滅了。

他看清了，靠牆的屋脊當中，天花板濕了一大塊，屋瓦像仍不斷地向下墜落。

父親說：「快拿手電筒來，我要出去堵住。」

母親翻身進去，一會兒拿出手電筒，塞進父親手中。父親抓了一張高腳木凳，捧去木板拖鞋，做向外衝的姿勢。但猶豫了一會，還是站在屋中。

母親說：「你一個人去行嗎？」

「行。」父親說。「不行，怎麼辦？」

「叫小華幫你扶凳子。」

小華說：「不，我怕。我不敢去。哥哥不是很勇敢嗎？」

但父親沒有作聲，旋開門鈕，衝出門外。

門沒有關，風雨強橫地擠進來。誰都沒有上前關門的意思，因為父親在外面，關了門，彷彿他就無法再回來了。

母親帶著祈求的口吻說：「耀中，你不出去幫一下忙？」

他為什麼要去幫忙？這不是他的家，他是這家中的「額外人員」。他真希望這個屋子立刻倒塌、毀滅。那時，再看小華向親友誇耀吧！

他說：「你們誰都沒有要我出去。」

「現在我已教你出去了，」母親說：「而且你是家中人，看到家破了，還不自動伸手去做──？」

沒有亮光，看不到母親的面容；但彷彿聽得出哭聲。

他問自己：你真能站在此地，看這屋子倒下，壓死自己、母親、小華……。不能。他站在這兒已太久！老早就該跑出去幫忙了。

他衝出門外，仍聽到弟弟問：「哥哥是怎麼一回事？」

母親說：「你哥哥真是個怪人，誰知道——？」

他想張口大笑；但一陣猛烈的風挾著雨點，灌進口中，祇好閉著嘴在雨地裡摸索著向父親的方向走去……

——原載《作家》雜誌

良辰吉日

藍佩蓉斜伏在床上，兩腿掛在床沿踢盪。她不知道自己該怎麼辦？是出去，還是一直待在家裡？

昨晚上，媽媽就徵求大家的意見了。她說：「明兒是國慶，誰願意在家裡看家？」

弟弟搶著說：「我不行，我和同學約好了，天不亮，我就要去找個好位置，看閱兵。」

妹妹說：「我更不行，上午要去學校，下午要參加集合大遊行，晚上還要演話劇……」

媽媽目光看向她。她低頭扒飯，裝不知道。她也能說：「我有約會，我要出去。」

停了一會兒，她聽到爸爸的聲音。「小蓉呢？大好的日子，妳待在家裡？」

沒有辦法不開口了。她說：「我看家。」

看家就看家吧！大大小小都走了。這是一年一度的佳節，媽媽也跟著爸爸上街看花車遊行、花槍表演……

媽媽臨走還對她說：「如果妳想出去玩，鎖好門，跟隔壁的張媽媽講一聲。張媽媽不出去，她會幫我們照應門戶。」

不知媽媽講的是真話，還是假話？可是她不在乎。她要出去，她就會鎖起門——媽媽不准她和鍾強國來往，她就真信媽媽的話？現在她真的不理小鍾了，難道是受媽媽的影響？

她把握在手中揉縐的紙條打開，迎著燈光再看一遍：

佩蓉：

明天是我們認識三周年的紀念日，請妳在「老時間」、「老地點」會晤；如妳不願意前往，我會到妳府上去……

她還沒有看完，又把紙條揉成一團，握緊在手心裡。小鍾說過，我再不到妳的家裡去了，再不願見妳勢利的爸爸、媽媽，連妳在內——妳也是一個勢利鬼。誰知道妳們藍家是個什麼家庭？誰知道妳內心想些什麼？

鍾強國講過這樣的話，為什麼還要寫信來？為什麼還要走進藍家大門？

她從床上躍起，站在地上抛去手中的紙團。第一個衝動，就是立刻離開家。她不要見小鍾，她不讓他走進自己的家。

可是，她到那兒去呢？同學黃碧蘭昨天約她，要和她今晚上街看煙火，沒有答應。同事胡正芝邀她去碧潭划船，胡正芝說：「這樣的大節日，街上人擠人，人看人，有什麼意思？妳和我一同下鄉，又清靜，又舒服，那才夠意思哩！」但她也不願意去。她說不出什麼理由，真是為了聽媽媽的話，在家裡看家？

「走吧！還是出去走走。」她對自己說。街上有很多很多看熱鬧的人，她擠在人叢裡，看大家喜氣洋洋，有說有笑，自己也不會煩悶了。

既然要出去，就該換件乾淨衣服。身上這套衣服，穿了一整天，做了一天家務事，顯得又髒又縐，怎能出門見人？

打開衣櫥。穿什麼才好呢？紅的太豔，花的太濃，還是黃色的吧！小鍾說：「妳穿黃衣服最雅，最美，真像水仙花皇后！」

穿淺黃的洋裝，就穿淺黃的好了，為什麼又要想到小鍾？弟弟昨天晚上問：「鍾先生怎麼不來了？如果他來我們家，我要他陪我一道去看閱兵。」

弟弟祇是口頭說說罷了，天才濛濛亮，就穿好衣服出門去看閱兵。三年前，大家都不願帶他出去玩，只有纏著她。那時弟弟才七歲，拉著她的手，擠在人叢裡，東張張，西望望。大家都是又高又大，小孩子在人縫裡，又能看到什麼？可是，她沒有辦法。找不到好位置，又沒有力量抱他在手裡。弟弟聽到別人的讚美聲，卻看不到雄壯的軍隊，覺得不滿意，她也感到不耐煩。

人是愈來愈擠，她彷彿被擠得透不過氣來。什麼？身旁的弟弟不見了。怎麼辦？看閱兵的人，像潮水，像海浪，一層層地捲過來，她自己都無法立足了，怎麼樣去找弟弟？現在才知道：大家為什麼不肯帶孩子出來；可是，弟弟不見了，她怎好向父母交代？

以前，她在報紙上或是在廣播電台裡，看過或是聽過，大人在熱鬧場合中，把孩子丟失的新聞報導。當時她認為那是孩子父母的荒唐；現在輪到自己發生這樣的事了，究竟是誰的錯？

她急得想哭，扭過頭去，見弟弟騎在一個男人的肩上，嘻笑著向她招手。如果她能三步、兩步走過去，定要給弟弟一個巴掌。可是，現在雖然隔弟弟祇有短短的一段距離，但走近他們，要幾分鐘的時間。

等到她擠近弟弟身旁，再不能發脾氣了。馱著弟弟的那個人說：「這個小弟弟，哭著找姊姊！看到姊姊，又笑起來了。」

她說：「謝謝你抱他。現在請你放他下來吧。」

「不要，不要。」弟弟說。「下來我看不到。」

「不要胡鬧！」她板著臉孔對弟弟。「誰有那麼大力氣，能常抱住你？」

「沒有關係。」那人說。「馱一會兒不要緊。他站在地上的確是看不到。現在我帶你們去一個好地方——」

弟弟搶著問：「那裡有好地方？」

那人的嘴一噘。「到店鋪裡面去。」

「店鋪是你家的？」

「不。我認識店裡的老闆。」

「好吧！快帶我們去。」

陌生人看了姊姊一眼。她實在沒有拒絕的勇氣和力量，祇有跟著他擠出人叢。

這是一家鋪面不大的書店。店裡也擠滿了人，但擁擠的程度似乎比外面鬆得多。而且那人放下弟弟，到後面還找來一個圓凳，讓弟弟站在上面。大家都可以看到外面的閱兵隊伍。

鍾強國是由於馱弟弟看閱兵才認識的。可是，三年過去，弟弟已長大得可以和同學結伴前往，也就想不到鍾先生了。

換好衣服，穿上高跟鞋，對著衣櫥裡面的穿衣鏡，照照自己，確是很雅、很美。媽媽說：「妳不要再和那姓鍾的小子來往了。妳長得這樣漂亮，和他在一起，像是一枝鮮花插在牛糞上。」

「妳是說小鍾長得不漂亮？」

「男人長得漂亮有什麼用？」媽媽說。「他在書店裡當個小夥計——」

「不是夥計，是店員。」

「夥計和店員還不是一樣？」媽媽輕蔑地說。「既沒有錢，又沒有地位。」

「那是暫時的。」她仍極力為小鍾辯論。「他在晚間上大學，畢了業以後就不會當店員了。」

媽媽用鼻子哼了一聲，像是把所有的輕蔑，要在鼻孔裡發洩出來。「妳這樣誇獎他，又和他形影不離，玩在一起，看樣子妳還想嫁給他？」

「那也說不定。」

「妳的糊塗夢，快醒醒吧！」媽媽指著她厲聲說。「從現在起，不准妳再和他在一道，更不准那小子踏進藍家大門。」

「為什麼？」

「妳還裝傻？」媽媽說。「二十歲，不小了，還不懂事？那是為了妳的前途啊！」

「我不懂，這與我的前途有什麼關係？」

「好，好。現在我不和妳兜圈子，直截了當地告訴妳。明兒禮拜天，家中會有客人來——」

「客人來與我有什麼關係？」

媽媽皺起眉頭，咬著牙齒。「客人來是看妳，想認識妳，妳要打扮、打扮。妳先去把潑野的長尾巴剪掉，梳好、燙好，再穿一身樸素的服裝，像個大人的樣子，陪客人聊聊天。」

「噢，噢！我明白了。」她大聲接著說。「然後跟客人一道出去，看電影、吃館子；然後再找機會嫁給他，是不是？」

「這個要看你們將來的發展，如果雙方願意，當然比較理想。」

「媽媽見過那個人？」

「見雖沒有見過，」媽媽見女兒接受自己的意見，似乎很開心，微笑著說。「但我聽說，他是玉馬牌鋼筆廠的總經理。」

「玉馬牌？」她懷疑地問。「我從沒有用過，也沒聽說過這種鋼筆。」

媽媽有點不服氣。「鋼筆的牌子，是不是出名有什麼關係，祇要有錢就行了。」

「他究竟有多少錢？」

「有一百多萬！」

她想笑，大聲地笑，但還是忍住了。一百多萬能開一個什麼樣的工廠？鋼筆的牌子不出名，沒有銷路，工廠不會倒閉？媽媽祇聽說是總經理，就想把女兒嫁給人家。天下真有這樣荒唐的事。

「那個人有多大年紀？」

「四十——不到四十歲，祇有三十五多一點。」

「不管是不是四十歲，就算是三十五吧，對我來說，不嫌大一點？」

「大一點有什麼關係？」媽媽急忙地說。「年輕的女孩子，嫁給年紀大一點的丈夫，丈夫會疼妳。妳希望嫁一個和妳一樣年輕不懂事的男人，成天打打鬧鬧、哭哭啼啼？」

藍佩蓉伏著桌子大笑。她再也憋不住腹中那股笑意了。笑了一陣，她說：「媽媽，我們不要再開玩笑、捉迷藏了。我交的朋友，媽媽不喜歡，我沒有辦法。媽媽要配給我一個丈夫，我不同意，媽媽也沒有辦法。」

「妳是我的女兒，妳敢？妳敢不聽我的話？」

「媽媽不要急，不要生氣。想想看：誰的道理對？慢慢再研究再討論吧！」

白色高跟鞋擦亮了。在穿衣鏡前左轉右轉，覺得仍是不對勁。馬尾巴剪掉了，並不是為了要見那個玉馬牌的總經理，而是小鍾也不喜歡那截尾巴甩來甩去的。剪就剪掉吧！昨晚梳的頭，睡了一夜，樣子又變了。小鍾看到她的頭髮蓬蓬亂亂的，會嫌她懶，不修邊幅？

何必又想到鍾強國？她現在就離開家，不去那「老地點」。她低頭看錶，「老時間」是七點，現在是七點半了。他們不會見面，小鍾怎會看到她蓬亂的頭髮？她是一個人隨便在街上逛——國慶日街道上的人多，穿高跟鞋不合適，走長路不方便，還是換雙平底鞋吧！

一切都稱心如意，該出門了。賴在家裡摸索，心底裡還希望小鍾找上門來？

不要，即使小鍾來找她，仍舊不理。熄燈，關起房門、客廳的大門，走進院子——怎麼又忘了？衣橱的門沒有鎖，媽媽回家又要嚕嗦一陣。而且家中的人全走光了，門戶更應特別小心，再打開一層層的門走回去。

全是小鍾給她惹的麻煩。不然，她早已跟同學或是同事出去看熱鬧了，大好的國慶日，還一個人在家裡孵豆芽？為小鍾犧牲不值得，一千個不值得。

和媽媽鬧僵了，媽媽氣得流淚、哭泣，沒有辦法。她的主意打定了，為愛情犧牲，誰也沒法動搖她的決心和意志。

爸爸在沒有人的地方對她說：「小蓉，妳多傻呀？為什麼不聽媽媽的話？」她的火氣更大了。一直以為爸爸了解她，會幫助她在媽媽面前說好話，想不到爸爸也和媽媽站在一條戰線，要把女兒送進火坑？

「爸也贊成我嫁給那個老頭子？」

「當然不贊成。」

「那還要我聽媽的話？」

「妳媽媽祇是要妳見那個人！」爸爸慢吞吞地說。「雙方願意再談嫁娶——」

「假使對方願意了呢？」

「不要緊，不要緊。」爸爸抹著兩撇短鬍子。「妳媽媽雖是清朝末年出生的；可是一直生活在『民國』時代，她不會強迫妳嫁給妳不喜歡的丈夫——」

「這樣說，我該怎麼辦？」

「把馬尾巴剪掉。」

「頭髮剪不剪，有那麼重要？」

爸爸說：「那表示妳的誠意，表示聽媽媽的話，去接待那個客人了。」

「好，好，我剪。」她領悟地點著頭說。「然後怎麼辦？」

「和客人談天、有說有笑。裝成很高興的樣子。在一起交遊了幾次。妳可以使別人說不喜歡妳，妳也可以說妳不喜歡他……」

爸爸的計畫真好，她完全明白了。全家的人都顯得很開心。擦玻璃窗，打掃天花板下的蜘蛛網。媽媽把過年用的一對大花瓶，從櫥櫃裡拿出來，擺在客廳裡，插滿鮮花，準備招待總經理。

客人來了，又走了。大家似乎都很滿意。祇是隨便談談嘛，她還不會？如果要她出去跳舞、看電影、進飯店、坐汽車兜風——客人是坐汽車來的，不知是借來的，還是自己的？管它。玩嘛，還不會？

可是，壞了。第二天一上班，小鍾的電話就來了。

電話裡說：「恭喜、恭喜！恭喜妳交上一個汽車階級的朋友——」

「你聽我說，聽我解釋。」

「不要解釋，愈解釋愈糟。」電話裡的聲調又急又躁。「我約妳出去，妳說有事。我不相信，上午去妳的家，妳媽媽告訴我——」

「妳媽媽不准我再進妳家大門，還說妳再也不理我——」糟了，媽媽一定沒有好話。事先沒有料到這一點。如果能預先和鍾強國談一下就好了。

「你會相信？」

「我當然不相信。所以下午又去妳的家。看到汽車停在妳家門口。走進院子，見妳的頭髮剪了，樣子全變了，和那老頭子又說又笑，像是幾十年的老朋友。這樣，我還不相信——」

「相信什麼？」

「妳是一個嫌貧愛富的勢利鬼……」

她猛地放下聽筒。小鍾太令人生氣了，將近三年的友誼，怎會說出這樣的話？事實真相沒有攪清楚，怎能下結論？如果不是在電話裡，當面她也許會向他說明白；辦公室裡有那麼多眼睛看著她，那麼多耳朵聽她說話，她怎能開口？

那樣祇知道自己，專講自己理由的男人，不對他說明也好。以後用不著和他來往，再不受他的窩囊氣；更不會和他談嫁娶，生活在一起……

想得確實太遠了，她覺得好笑。走出院子，頭頂滿天星斗。她應該去看煙火，或是去碧潭划船，待在家裡，太辜負這良辰吉日了。

打開大門。門口站著一個人——一個高大的男人。她嚇了一跳。原來是鍾強國。

她問：「你站在這兒幹麼？」

「我在這兒等妳。」他結巴地說：「我不敢進妳家大門，怕妳媽媽說話。我希望在門口看到妳的弟弟、妹妹、打聽打聽——」

「打聽什麼？」

「打聽妳是在家？還是出去了？」他低頭看錶。但她知道，沒有開門燈，他戴的也不是夜光錶，看不清時間。小鍾接著說。「我等了一個多鐘頭，沒有見到一個人。我想，妳接到我的信，如果妳出門，我就先在門口見到妳。——」

「假使我上午離開家，直接去『老地方』哩！」

「不會，我知道。妳在家看家——」

她的心光隨著他的話聲發著輕顫。「什麼，你怎會知道我在家看家？」

「不，不，」他支吾著說。「我不知道。我是隨便亂猜的。」

的確有點怪。他說在門口等她，問弟弟、妹妹打聽，都不是真話吧？管他真假，橫豎不理他，何必多操心？

「旁的我不管。我問你，你來幹什麼？」

「先不要問我。妳不要攔住門口，先讓我進去好嗎？」

「不行，我要出去。」

「我不信。」小鍾上下打量她。「妳沒有穿高跟鞋。」

「不穿高跟鞋，就不能出去？」

「三年裡面，我都沒有見到過一次。」小鍾說著，雙手伸出扶著她的肩膀。

大門口，人來人往不少；左鄰右舍看到他們打打鬧鬧，更是笑話。她連忙閃避，退後一步，小鍾跟著踏進門內，隨手關起大門。

她有點不願意；可是現在已沒法推他出門了。她沒好氣地說：「你為什麼又踏進藍家大門！又找我這個嫌貧愛富的勢利鬼？」

「請妳快別說了。以前都是我錯，都是我不好，我今天特地來向妳道歉——」

「免了，免了。」她突地旋轉身，背對著他。「以後我坐我的汽車，你走你的陽關大道，誰也不要向誰道歉！」

「快別提了，妳一說我更難過。」小鍾跳到她面前，連連彎腰鞠躬。「以前我的確糊塗，好好冤枉了妳，我真想不到，妳為了我，會故意敷衍那老頭子——」

「誰說我是故意？我是真愛那個總經理，我馬上就要和他結婚了。」

「小姐，不。佩蓉！我全明白了。」他又抓著她的右手。「老伯昨天狠狠『訓』了我一頓，現在請妳再不要給我罪受了。」

她捽脫他的手。覺得又高興又氣憤。爸爸仍是最了解她，永遠站在她一邊。為什麼小鍾會這樣糊塗、善妒呢？

他又靠近她，輕柔地問：「妳知道今天是什麼日子嗎？」

她的怒火又向上升。「這樣的一個大節日還不知道？」

「不是這個意思。」他解釋道。「我是說，今天是我們認識三周年的紀念日，我要好好送妳一件禮物。」

「誰希罕你送的東西！」

「我的禮物很特別。」他上前擁抱著她。「我今天正式向妳求婚！」

她抬起頭，見一個亮藍的火燄，向高空飛升，突地在半空炸裂成無數晶亮的星點，向四周跳躍閃爍。

她輕輕推開了他。她說：「今天是良辰吉日，不要在家裡談這個問題，還是出去看熱鬧吧！」

「妳是說，妳已經原諒我了？」

她看了他一眼，小鍾真不討人喜歡，為什麼還要多問呢？她說：「你真認為我穿平底鞋不能上街？」

「能，能！」小鍾連連答應。「妳不穿鞋上街，也是最雅、最美，也像水仙花皇后。」

她真想打他一下，但還是忍住了，立刻衝出大門。

——原載一九六四年十月號《幼獅文藝》二十一卷第四期

醒

「老黃，沒喝醉吧？」

「我不是在醒著說話？」

黃文禮豎起右手食指，揉搓黏而濕的眼皮，顫巍巍地踏向自家門前。

「還記得我們的計畫？」

「清清楚楚。」他指著藏在陰暗角落的「宏大印刷廠」招牌，使喚僵硬的舌頭：「要把這改成『宏大印刷公司』！」

成大江搶前一步，重重拍他的肩胛，得意地大笑。「要得。我還要告訴你，這招牌霉氣沖天，難怪沒有顧客上門。該換五彩，七彩什麼的……。」

當然是說霓虹燈。飯店裡三小時長談，還有佳餚美酒助興，成大江確是說服了他，他也說服了自己：不管內部如何糟，為了發展業務，必須粉刷門面，招募股東，擴增資本，印刷廠才有前途。

儘管成大江的唾沫星，拌和著濃濃的煙霧，使他窒息。但他不敢貿然決定，要和負責廠內實際經濟的太太商量；才伴同客人回家，當然不能在門前討論。

黃文禮彎起手指，梳篦著蓬亂的髮絲，歉疚而又惱怒地說：「我們進去再討論。」

「真是一位好丈夫，要得。一切都聽太太的。」

佯裝沒有聽到。太太這時不會在印刷廠，一定鎮守藥房，照顧店面，讓孩子們讀書、休息。太太很能幹，也夠辛苦：又助產、又經營藥房和印刷廠。擴展成印刷公司，一切制度化，增加人手，太太就可以過輕鬆一些、舒適一些的生活。

太太坐在藥櫥前的帳桌，微微撐起眼皮，諒已見他搖晃著踏進店鋪，目光又落在厚重結實的帳簿，指尖在靈巧的算盤珠上遊動；玻璃櫃台上，那挑起膀臂的塑膠人兒，機械地向他點首。

黃文禮吆喝地喊：「成先生來了。」

她站起身，抹拭一下起縐的布裙讓坐。櫃台內太擠，帳桌的座位讓客人，他僵直地坐在桌頭的圓木凳上，而太太兩肘撐抵在枱面，表情凝重，彷彿在生他的氣。怪他遲歸？怪他喝酒？怪他帶個不三不四的朋友回家，擾亂她的結帳？

怎能在客人前失面子，必須先開口。「有一個好消息，大家一定很高興聽。」

反應極冷淡：「什麼消息啊？」

詳細的計畫和步驟，由原提議人說明，比從他這個半醉的酒徒口中吐出，要高明得多；但成大江的視線，卻裊繞在藥櫥裡大小方圓的各種瓶瓶罐罐之間，彷彿已忘記來這兒的目的是什麼。

血管中，酒精釀成澎湃的浪潮，他突然地直著喉嚨喊起來：「我要拆掉這所『永生藥房』！」

成大江迅速扭轉脖頸：「要得！」

「這算是好消息？」太太驚訝地反問。

「還要拆掉印刷廠！」天花板下的雙管日光燈和帳桌上的檯燈，都跟著眨眼睛。

「要得！」

「你喝醉了？」

「沒有。老成可以給我證明：我說的是實話。」

成大江用指尖捺熄檯燈，似乎不要讓人看清他臉上複雜的線條：「你不要嚇壞大嫂，該好好商量。」

婆婆媽媽的商量，永遠達不到目的；不如果斷果行。「小藥房、小印刷廠，不能賺大錢。」黃文禮僵硬的舌頭，仍不大聽指揮。「藥房拆掉，印刷廠擴大，改成公司，錢就會滾進來。現在就是趨向什麼，什麼……？」他的目光折向成大江求援。

「叫做『企業管理』，資本愈大，營業的項目愈多——」

「資本哪兒來？」女主人搶著問。

「別人會投資。」

「投資的是些誰？」黃太太抓起櫃台上的一個空藥瓶，倒豎在枱面。「成先生要投資多少？」

黃文禮的面頰發燙；分不清是酒精還是害臊。和成大江談得這麼久，沒有問清他的投資金額；太太不愧是個理財能手，頭腦清晰、敏銳。

「一萬股大概沒問題吧。」他接著向太太解釋說。「我們要先籌二十萬股，每股十塊錢。」

「要……要得。我……我沒……沒有。」成大江的嘴巴含了一口熱粥。「我一塊錢也沒有。」

「可是，計畫是你想出來的。」

「我有一位朋友，願意投資。」

太太的軀體扭轉，面向客人，「什麼條件？」

「他拿錢砌房子，買機器、接洽生意，派人來管理帳目，不要你們二位操心費神——」

黃文禮沉不住氣：「那我幹什麼？」

「你做現成的董事，天掉下來也不管，不是頂舒服？」

舒服是篤定的了；但送了印刷廠不算外，還要賠上一座藥房。自己經營的事業，拱手讓給他人，不是愚蠢，就是酒醉未醒。

頭腦雖有炸裂的感覺，不過還可以分析事理、辨別是非。他說：「現在我不想決定這問題，要等研究好了再給你回話。」

成大江目光掃射過來，他赧然低下頭，為不能遵守在飯店的諾言而心虛。

客人似乎看出這苗頭不對，忙轉換話鋒。「要得，我給你一個電話號碼。」他抓起灰桿原子筆，在檯曆上畫了幾個數字，迅捷站起，吃吃地說：「我要提醒你們：要賺大錢，事業發達，必須靠外表、靠宣傳、靠投機取巧……。」

主人聽不下去了。彷彿在飯店內說過這些話，當時沒有厭惡的感覺；此刻卻想一腳踢他出門。

沒有用腳踢，成大江已一搖一擺地晃出店鋪。

太太趨近他，低聲問：「你對自己的事業，失去了信心？」

他舉手搖搖，遮斷逼人的視線。「誰說的！」

「找成大江是為什麼？」

借錢還賭債，更想藉機扳本兒；這理由說不出口——太太的話確有不少真實性。他的經濟信用破產：說的話不算數，開的支票不兌現。印刷廠實在撐不下去，全靠「永生藥房」賺錢來把喘息拉長些，才希望成大江出面或是找人來投資；姓成的居然出賣了他。

他氣憤地說：「上當，上當！我們不必理他，要研究一套辦法，應付這場面——」

「不是應付。」太太阻止向外逃逸的丈夫。「是要真實的做，徹底的做，根據我們的事業基礎，想辦法求進步，一定會有大大的發展！」

黃文禮堵著嘴，對太太這樣果斷的語調，起了反感；但仍裝做不在乎的神氣。「依妳，要怎麼辦？」

她沒有立刻答覆，打開邊門，讓他走進印刷廠。

黃文禮瞿然心驚，他已有一個月沒踏進工廠，想不到這裡面堆的全是一綑綑書籍。字架旁，機器間的走道和空隙，全被堵滿，賽如一間書庫。

他搶先抽出一本，見是顧客退回的印刷成品。九月份出版的雜誌，卻在封面上用套紅方體字印成「九日份」。翻開第一頁，一號正楷的標題中，卻有兩個字交互橫臥在行列裡，酣睡未起。不用看下去，已知道退回的理由了。

「為什麼不校對？」他厲聲斥責。

「誰校對？即或是校對好了，上機以前，不按照符號改正，又有誰管！」

該他來管。但他近來確是「醉」了；醉在賭博上，醉在撐窮架子，拉大場面。不管是顧客上門或是他出去招攬的生意，只要有利可圖，就不顧一切的接下來，都沒有計算自己工作的能量。加班再加班，趕工又趕工，結果是馬虎隨便，無人校對——坐在牌桌上、酒席上，誰還想起校對的繁瑣工作。

他偏著身子繼續向前走，但太太並沒放過說服他的機會，抓起拼版檯上的一把鉛字，擎在他眼前：「請你這位『專家』過目。」

全是錯字。「步」字鑄成「歨」、「惚」字誤作「愡」、「吳」字刻成「吴」……是犯了粗心大意、不求精確的毛病。

鉛字像雨點般降落，丈夫憤怒地叫嘯：

「銅模怎麼不先檢查？」

「誰檢查！」

今兒算是栽定了觔斗，張開嘴就有一枚多刺的桃核，拋進口中。繼續檢查吧，有一部對開機和兩部四開機都發生故障；而鉛字的排列、用具的保管，都溢出了常軌，是缺少管理和研究的毛病。回眸看到太太面孔比鉛字還要重、還要青，便不想開口。太太事情忙，又是外行——而他這內行，卻把精力和時間花在對人無益、對己有損的壞習慣方面。

諒是工廠內退回的書籍簿冊太多，堵塞空氣流通，全身被汗浸濕，酒意全醒。他是學徒出身，一步步踏實的幹，由一部舊的小機器，慢慢擴展到六部；從租賃的小房屋，到兩幢相連的洋房，現在怎會想到全部讓給成大江的朋友經營，自己變成乞丐，那不是天大的傻瓜！

他在燈光昏暗的廠房中，仔細檢視零亂、破損的機件和印刷成品，感到痛惜、傷心。摸摸這，翻翻那，他以往的精神和毅力結晶的成果，都被自己漫不經心、好高騖遠的態度給吞噬了。

太太緊隨在身後嘀咕：

「我們是有辦法的，可以從頭做起；你真的沒有信心了？」

信心慢慢從黃文禮的潛意識中甦醒。太太赤手空拳建立了永生藥房；他也是單槍匹馬創設了宏大印刷廠；印刷廠雖然岌岌將傾，而基礎鞏固的藥房會支持他、協助他；何愁事業沒有發展！

黃文禮一個箭步躍向門外，太太急忙伸過手來攫住他：「到底怎麼辦？你還沒告訴我啊！」

「我要打電話給成大江，絕不和他這位買空賣空的傢伙合作——」

「你有了信心？」

「當然，當然。」丈夫堅定地回答：「今晚我就擬定改進印刷技術和提高產品的計畫，明兒就開始從最小的事開始整理——你不相信我有這個能力？」

「你不是沒有這個能力，是你貪大失小……」太太鬆開手，笑著說：「不過，我已看到『宏大印刷廠』的輝煌前途了——只要你肯從最小的事體開始著手，一步一步踏踏實實的從頭來過……。」

——原載《新文藝月刊》

後記：二、三十年前，都用鉛字排版印刷、現在已進入電腦打字，平版及數位印刷時代，本文可留作歷史紀錄。

希望

前記：

這是作者第一次投稿的習作，僥倖被刊用。當時《中華副刊》主編是徐蔚忱先生，後來，又到《中國時報》擔任副刊主編。民國三十九年，作者隨軍隊由舟山群島來台，駐在板橋的公賣局酒廠，並不懂小說中的第一、第三人稱，便以「我」投射到工廠女工為主角，幸被錄用，以後才走上寫作之路。隊部訂了一份《中華日報》，從未聽說過這位主編，因此作品卻與《中華日報》和寫作結了緣，特刊用這篇習作，供有志寫作者參考。

每天我早晨挾著「便當」踏進這美麗的另一世界，我所擔心而感為難的未來的成天工作，已沖散在九霄雲外；不是說「希望」是人們最美滿的嗎？這美滿的希望我現在正有著。

我是公營×××廠××股的普通女工，做著別人不願做的瑣碎工作。不僅我個人靠著這勞力的收入，而家中老母、幼弟、弱妹的生活，也都擔負在我的身上，但不管生活是怎樣艱苦，工作是如何繁重，而我卻能成天的興奮愉快，有力地做著我的事，那不得不歸功於「田」了！

田，二十四五的年紀，高長的身材，堅挺的胸膛，白淨微瘦的面龐，深而且黑的眼睛，始終微露著笑容，他是一個英俊的青年，在廠內總辦公室當一個起碼的職員；只要看他整日的低頭急寫，一刻不停地工作著，就知他是一個「起碼」的了！因為什麼長什麼員，他們不會有太多的事情的。我見他始終不停地工作，總想幫他一點忙，雖然我不會做得好，同時更不知他願意不願意；因為我常聽著他的同事對他講：「老田！還是請你幫一次嗎！你做得又快！又好！」

我認識他，不！我關心他，是在幾個月以前的事了！在我的工作間隙中，總覺得有這樣一個人在注意我，當然我是知道他是有什麼用意的！不過我向來不關心這些我所謂「臭男人」的！但這次卻例外，當我們四目相對時，強烈的電流，會從這一道無形的導線上，傳播著熱至我全身！這樣的兩心相契已保持著有若干時期了，假使間斷了一天，我就會覺得不舒服，雖然見面時仍是相對無言。

這天我鼓起十二分的勇氣，藉著請他為我填張調查表，想將預先寫好約他一談的紙條遞給他，而畏縮、遲疑、女人嬌羞的心理，終於紙條仍在我的身上，直到現在。假使田見到這張紙條時，我想他應該會高興萬分，歡喜若狂的，這是從他關心我的程度來講，因為他的生活是枯燥的，單調的，需要有他認為需要的興奮劑來調劑他啊！最近的他是頹唐得多了！

他了解我的苦衷，他知道我是為什麼才淪為現在的勞工。當父親因經商失敗，財產賠光後，而擺在我前面的一條路，就是身無一技之長，在人浮於事的現代，求職當然是難於上青天；專受差遣的女傭，非我能為的侍應生，卻一一嘗試以後，才得著人家鼎力的幫忙，做得上能夠自食其力的勞工，是多麼的不容易啊！雖然我歷盡心酸，備嘗艱苦；略一回顧歷經艱苦的身世，我已自足了！

他原諒我所處的環境！無聊的男工們，總是跟女工開著惹人討厭的玩笑！我當然不能例外，那管妳內心討厭他們，但總得勉強的敷衍著！否則是於我不利的。田見了這種情形，總將頭掉轉，好使我看到他沒有見到這尷尬的場面，而免喪失我的自尊心！可是我的天啊！我已淒楚萬分，我不知道是什麼滋味——是酸，還是辣？

一天放工回家，田跟著我走了一段路程，而芸卻始終伴我同行，他終於悻悻地離去了我們，我知道他有什麼話要對我說的。他是在愛著我。

是他憂愁、我痛苦。我們的內心遙映，靈魂相契合，而我們的中間還有著一段很遠的距離；就是他不賤視我是個用勞力生活的女工——他沒有理由賤視我啊！——然而一個比女人還要怯懦、見著異性靦腆得一句話說不來的田，加上一個自尊心特高而自認為是女人的我！要互相傾訴愛慕之忱實不可能，我倆的事將如何了結？

「希望」是美滿的，經常保持著希望是幸福的，我正憧憬著美麗的未來。

——原載一九五一年七月三十日《中華日報・副刊》

輯二 愛的迴旋

她要活下去

——《風鈴組曲》接力小說㈠

前記㈠：

這是應《聯合報》副刊主編邀約，寫的「接棒小說」第一棒。因為有十位作者，要根據「第一棒」的人物、故事寫成一本書。（詳情請看當時主編平鑫濤先生寫的〈寫在風鈴組曲之前〉，這是非常有創意的計畫編輯，我有幸（也是不幸）抽到第一棒，要為全書布局及人物、故事發展著想，讓其他九位作者才可依次接著寫下去，第二棒接著第一棒，第三棒接著第二棒……

前記(二)：

寫在風鈴組曲之前

平鑫濤

那天，那個夜晚，在欣欣餐廳的窗外，臘月的寒風，正呼嘯於月光之下，而餐廳內，幾束玫瑰，幾番花信，卻點綴出濃厚的春意，不是溫度計的春，而是酒酣耳熱，賓主盡歡的春。

隔著花叢，坐著尹雪曼、司馬中原、朱西甯、章君穀，還有郭嗣汾、張漱菡、疏影、蔡文甫、蕭白、蘇雲菁等人，這麼多的作家聚集一堂，在聊些什麼？

首先，我向大家報告了有關「聯副」的今後的計畫，希望大家支持惠稿，但那天，特別要求大家共同完成一個新的構想——接力小說。

那晚我邀請了十位作家，在寫作的風格上有很大的差別，我要求他們共同完成一部小說。讀者逐日閱讀每一位作家執筆的作品時，可以很容易地體會出，比較出不同的神韻，但讀整部作品時，卻是渾然一體，天衣無縫的。舉個簡單的例子：十位名廚的十道名菜，集合成一桌盛豐精美的酒席。

故事的骨幹是我提供的，請這十位作家賦予血和肉，當然更要賦予生命！

報告完畢時，發現空氣有些凝滯，大家感到這個使命太沉重呢？還是，已在靈感的花園裡找尋花朵？但不多久，討論恢復熱烈起來，大家的興趣愈來愈濃厚，一股狂流在席間流傳。

實際的問題是執筆的次序，郭嗣汾先生自告奮勇地提出一個抽籤的辦法，大家在他畫出的「紙上迷魂陣」上，簽上了名字，次序就巧妙地描出來了。蔡文甫抽到第一，接下來的是章君穀、張漱菡、郭嗣汾、疏影、司馬中原、尹雪曼，壓陣的是朱西甯。

題目呢？一朵小花、蓓蕾、也是微雲、風裡的樹……大家提供意見。「既是大家集體的組合，就叫什麼組曲好嗎？」西甯的提議。最後決定了「風鈴組曲」。女主角的名字也經過大家表決，好美：丁雅婷。

時限：十萬火急——既然大家興緻那麼好，説寫就寫，聚會後的一星期，也就是今天，我們非常高興地刊出這一個奉獻。

這是一個新的嘗試，也可以説是一個挑戰，感謝作家們的精心撰寫，感謝畫家們的錦上添花，我們將更感謝讀者們給我們鼓勵和指教。

水泥橋面鋪展在寬闊的河床上；黃濁的波濤，洄洄奔騰，拍擊方形橋柱，發出咆哮的聲響。

丁雅婷軟弱的雙腿，踏在堅實的橋面，從橋頭蹀躞到橋尾，彷彿就費了三天的時光。

三天的時光不算長，但她有如經歷一場惡夢；從夢中驚醒，世界變了，她所擁有的一切、一切，都像泡沫似的消失。現在她祇聽到風聲、波浪聲、火車汽笛聲、竹林中葉片的絮聒聲……在搖撼著自己。

她已是第四次站在橋心，想縱身躍入河中，逃離這喧囂的世界。

她的身影，被斜西的太陽拖長，折斷在橋欄上，隨著橋身搖晃，隱約間她覺得渾黃的河水，向上爬伸、瀰漫，有如集合場的同學，呼嘯而來，她已浴在水中，隨渦漩沉沒、沉沒。

「小姐！小姐！妳幹啥！」是一連串粗重的男高音。

雅婷猝然回頭，見一位六十歲左右的老人，用關心的神態注視她，才意識到自己沒有離開這水泥橋。

「沒……沒有什麼。」

「儘在橋上打圈圈，一定有問題。」

「欣賞……欣……欣賞風景。」

老人向前一步，和她並立在橋邊，搖晃著腦袋，砸動嘴唇說：「不像，不像；我看妳心事重重，一會兒看橋下，一會兒看橋上，八成兒是受了氣。」

「真的，老伯伯，沒有受氣。」

「年紀輕輕的，憋點氣算啥。」老人撫慰地說。「這幾天河裡的水很大，站在這兒太危險，趕快回家吧！」

雅婷的眼淚，像拔開瓶塞的汽水，從雙目泉湧而出。忙用手背擦拭，兩手輪流換都擦不完。她知道老人正驚詫地注視她，但她無法掩飾內心的悲痛；如果沒有行人或車輛走過，她要放聲嚎哭，現在只能用雙手摀住臉龐嗚咽。

「我猜的沒有錯，」老人自信地說。「不要難過，回家吧！」

「我……我已沒……沒有家了。」

「胡說八道。」

「真的，沒……沒有……」

「家呢？」

她仍掩面抽泣。河面襲來一陣涼風，肢體隨著橋身顫慄。不，岸旁的針葉松隨著風勢抖索，雅婷似又進入三天前的狂暴世界。風在狂吼，雨在潑瀉，大地咆哮著搖撼樹木、房屋、山石……電源斷絕，屋瓦飛騰。父親和母親在室中四處搶救衣物、書籍，她嚇得躲在牆角，不敢抬頭伸腿，祇是默默祈禱風雨能早點平息。心中私自慶幸，她家房屋建在山麓旁，有巍巍的高山作屏障，諒不致受太大的災害。

然而風向在滴溜溜轉，天空像被吹裂成很大坑洞，雨水如瀑布似地湍奔，一小時又一小時的延續下去，彷彿永遠不會停歇。

一聲巨響從天空、從地下、從山嶽……爆發。大地鈴鈴抖動，屋瓦、山石、牆壁……在飛舞、在騰躍，她腦中正想到「天翻地覆」的字樣，隨即聽到震耳的驚呼聲，她分不清是爸爸，是媽媽，還是自己的慘叫。完了，她自己隨著顛簸的大地滾動，突有重大的物體阻擋著她，擠壓著她……隨即全部靜息。

她在醫院中甦醒，知道高山坍塌時壓垮了房屋，爸爸媽媽已傷重死亡；她祇是腿部輕傷，卻被嚇昏在大石與牆柱的罅隙中。雅婷憎恨自己不追隨父母而去，所以要想在這橋上跳下水去，偏偏碰到這多管閒事的老人。

她仍哽咽地回答：「家……家被山壓垮了。」

老人猛地一怔，若有所悟。「妳就是報上說的丁……丁什麼人家？」

「我爸爸叫丁大中。」

「對了，妳家的災情很慘，我們都非常同情，這真叫做『家破人亡』！」

她伸雙臂想躍入河中，不願再和這老人嘮叨；但老人動作敏捷，已伸手攫住她胳膊，大聲喊嚷：「使不得，千萬使不得。」

「老伯伯，請您放開我，我實在活不下去了。」

「一定要活下去，『好死不如賴活』，古人的話不會錯的。」

雅婷擺動肢體，試圖掙脫掌握。「我舉目無親、活下去還有什麼意思！」

「這是那兒的話。妳年紀輕輕的，有的是前途——還不到二十歲吧？」

「我十八。」

「咦——」老人拉長聲調。「正是黃金時代，該用妳的腦和手去創造一切，不要灰心。」

「我受的打擊太大，勇氣全沒有了。」她近乎哀求地說：「老伯伯，請您放開我，讓我自己決定自己命運吧！」

老人呵呵笑。「這兒淹死過兩個人，大家都說死鬼要找替身，我一直不信；現在卻有點相信了。」

「您是說，鬼魂纏住了我？」

「對啊。如果我放開妳，妳跳下去，過一段時期，妳又要找替身了。」

「那是迷信。」雅婷表示不屑的態度，接著問：「他們是怎麼死的？」

「一位年輕的太太，要大做『拜拜』，丈夫反對鋪張，她認為不夠面子投了河。」

「不值得。」她又問：「第二個呢？」

「夫妻因賭博吵架。太太發誓：『如果你再賭，我就投河自殺。』丈夫戒不了賭，她就說到做到，從這兒跳下。」

「那更不值得！」

「可是，妳自己呢？」老人已放開了她，懇切地勸慰。「父母受難亡故，妳沒有能力挽回，那是天災。報紙上說過，妳家房屋仍埋在山石下。妳該振作精神，重建家園，使妳去世的父母，安心長眠。」

雅婷的淚水又急遽湧出。爸爸酷愛田園風光，把家建築在郊區的山野間。如果接受媽媽意見，住在市中心的公寓，就可避免這浩劫了。倘使爸爸靈魂有知，一定願意將自己的牌位，由她供奉在原來的住宅。可是，她有信心和力量，達成這願望嗎？

她左手的中指，抵著下唇，這是她猶豫時思索的習慣。「照您說，該怎麼辦？」

「妳要活下去，要堅強的活下去！」

雅婷挑起雙臂向上舉，顯示長袖的綠色「迷你」洋裝。「我除了這身衣服外，便什麼都沒有。」

「應該有親戚。」

舅舅朱大興在海外。當年外婆反對媽媽的婚姻，一直沒有和他家來往，所以無法連絡。此外就不知道有什麼親戚可以幫助她。

雅婷搖頭。

「應該有朋友。」

陌生的老人沒有說清楚，不明白是指父母的，還是屬於自己的朋友。和爸爸在商場上來往的人，很少到家裡來；而且爸爸也說過，商業方面的朋友，共利害關係多，處道義的少，她不可能投靠父親的朋友；而她自己所結識的都是些未成年的孩子，怎能獲得精神或物質上的援助。

雅婷再搖頭。

老人猛搔灰白的亂髮，偏著頭想。「妳現在正是讀書的年齡，應該有老師、同學。」

又是一陣風吹來，激起很大的漣漪沖擊著橋柱，發出雄偉的響聲。一輛汽車駛過，喇叭聲拉得很長，似在點醒他們妨害了交通。

確是因災害擊昏了，從沒有想到自己讀書的學校，那兒有兩百多位老師，日間部和夜間部，計有四五千同學，也許……內心很亂、很急，正如河中黃濁的流水，滔滔奔流，她抓不住一個完整的意念。

她微弱地說：「我要去學校，看我的老師。」

「妳答應我不跳河了？」

雅婷羞赧地點頭。

「那橋頭的小店就是我開的。」老人的右手指著，誠摯地說：「我賣香菸、糖果，還賣書籍文具，人家都喊我老郭。如果妳有困難，可以來和我談談。」

「謝謝郭伯伯！」

「不用謝。以前的兩個人溺斃，我不知道。這次總算沒有讓我白等，終於把妳抓住了。」

離開老人時，心頭活絡了不少；但跨進學校大門，兩腿軟弱宛如踏入泥淖，無法向前挪行。校內老師、同學雖多，她去找誰？誰又能幫助她？用什麼方法幫助她，才能使她心情平順安定？

她從沒有接受別人的一針一線，或是一張紙、一塊錢；現在能伸手向全體老師、同學求援？

今天沒有穿制服，似乎沒有人認出她——她讀的高二丙班，教室不在校門口；所以她順著走廊，走向導師辦公室。

——原載一九七〇年一月二十日《聯合報》第九版

（第二棒要根據本文的人、事、物接著寫下去。）

恐怖之夜

《台視周刊》編者按語：
本刊為提供電視單元劇編劇參考題材，特約請國內著名作家輪流執筆撰寫短篇小說，內容雋永，可讀性極高。

汪府的大門開了，進進出出的人很多。有清掃庭院和宅前廣場的，有修剪花木整理花園的，有牽著老爺那八尺高的黑色駿馬出去溜趟兒的，也有提著籃，挑著擔趕去市集買東西的……

這是山西省汪萬貫府上的早晨，人們鬧嚷嚷的忙得挺起勁。

實際上汪萬貫的本名叫汪望冠，也許是人們的嘴叫順了，也許是他家財萬貫，所以他的本名反而沒有多少人知道，而他的外號「萬貫」卻因而揚名千里。

汪老爺起床以後，大大小小的人服侍他漱洗、吃早點完畢，他背著兩手到前後各院落巡視。走到第二進的西廂房，汪老爺忽然大叫：

「人呢？人到那兒去了！」

「有！」同時跑出兩個人來答應。

一個是木工李富，一個是管家金大成。

老爺指著西廂一排新建的房屋，大聲責問：「門窗怎麼還沒有做好？」

金大成彎腰點頭：「老爺，已經吩咐下去了，他們正在趕工。」

「趕工？」老爺的嗓音仍是很響、很啞。「我怎麼看不到人在工作？」

金大成退後兩步，逡視了西廂那排新建築，似在尋找工作的人；目光從左到右，再由右到左，然後回到李富的身上，用惱怒和詫異的語調問：「你們為什麼不做活？」

「做啊！」李富連連點頭。「我在鋸木料，但是大師傅今兒沒有來，沒有畫線，我不曉得怎麼做。」

「簡直是胡鬧，」管家金大成仍在發脾氣。「前三天我就交代你們要趕工，可是現在太陽已冒那麼高，還沒有開始工作，這像什麼話！」

李富眼看著悶聲不響的老爺，又側轉臉面對發脾氣的管家，結結巴巴地回答。「我和大師傅昨兒晚上趕工到半夜，他說今天一早來的，我在這兒等了大半天，還沒見到他的影子……」

老爺開口了：「大師傅是誰？」

「是丁得力！」金大成忙搶著回答。

老爺微微點頭。「丁得力是好工頭，為什麼今兒不來上工？」

金大成站得直直地說：「不知道——我要去查一查。」

「派人去找他來！」老爺的話硬邦邦的，沒有絲毫通融的餘地，而且話說完，就昂著頭，背著手巡視別處去了。

金大成目送主人的背影離去後，再回頭問：「你知道丁得力的家？」

「知道。」

「離這兒有多遠？」

「只有二里多路。」

「你趕快把他找來！」金大成性急地交代：「速去速回。」

李富匆匆地走出汪家大門，便連奔帶跑地衝向丁師傅家。他一邊跑，一邊埋怨丁師傅不守信，昨兒晚上說得好好的一早來趕工，怎麼到現在還賴在家裡不出來。幸虧老爺今兒沒有發脾氣，如果老爺不早知道丁師傅是好工頭，也許會打他二十棍，還要趕他出門——如丁師傅離開汪家，他這沒有滿師的木工也待不下去，將來的生活怎麼辦？

跑了一陣又一陣，脊背上的汗水濕透了上衣；但李富仍不放鬆地一口氣跑到丁家門口。門是虛掩著沒有關，他想，一定是丁師傅仍在睡懶覺，忘記了重要的工作。他雙手拍門並大聲喊叫：「丁師傅，丁師傅，快起床，太陽快爬到頭頂了！」

但從屋內跑出來的是丁師傅的弟弟丁老二。

老二滿臉驚詫：「你找誰？」

「丁師傅啊！」

「他昨晚沒有回家！」老二的話頭頓了一下。「你該去汪老爺家找他。」

李富的心像被別人擰了一下，「我是從汪老爺家來的。我昨兒晚上看著丁師傅離開汪府的。」

「什麼？你是說我大哥昨晚是回家的。」

「不錯，一點兒都沒有錯。」李富的表情嚴肅。「我送他到門口，他跨出大門還叮嚀我早點起來幹活哩！」

丁老二轉身向回跑，嘴裡大喊大叫：「怪事，怪事，大哥昨兒晚上離開汪府，怎麼沒有回來！」

丁師母和丁老三都被嚷出來了，大家商量怎麼辦。

「這可怎麼得了，昨兒晚上下大雨，」丁師母一把眼淚，一把鼻涕帶著哭腔說：「不知把你大哥淋到那兒去了，你們趕快去找啊！」

他們三個男人也覺得這事非常奇怪，研究了一會兒，決定分兩條路（都是從他家到汪府的必經之路）尋找。

丁老二和丁師母走大路前往；李富和丁老三從他家屋後的捷徑向前搜索。

*

丁師傅趕完夜工，離開汪府大門時，已聽到打三更。他本想回轉告訴李富，明兒早上要把鋸好的木條，放在院子裡吹吹風，曬曬太陽，因為他覺得那些木料還不太乾燥。但剛出門，門內已上閂、上槓，而且覺得臉上有雨點，於是他也不再想和李富嚕嘛了，要趕快回家，免得被雨淋成落湯雞。

這樣一想，腳步便快了起來。可是雨點卻越來越大，像和他比賽速度似的。

奔了一會兒，他已離開村莊，走在荒僻的小路上——他要走捷徑趕回家，走這條捷徑比走大道要少半里多路——真是前不靠村，後不靠店，沒有遮蔽風雨的地方，只有向前疾馳。

路面很窄，又有不少起伏的斜坡，跑起來連連滑跌，不得不慢下腳步；但雨點卻像黃豆那麼大，一顆顆地擲在他頭上、臉上、身上……他的口鼻似乎被雨水堵塞，快要窒息了。

好囉，好囉！他心底狂呼，因為看到路旁一座廟，有躲避風雨的場所了。

丁師傅衝向那座廟，幸好，廟門沒有關。他進入門內，先把頭上、臉上的水抹掉，再脫去潮濕的外套。這時才有心情打量這躲雨的地方。

廟中間沒有神座，懸掛著一幅黃色布幔，不知供的是什麼佛像。神座前的香案上，點有一盞油燈，風吹得燈光搖搖晃晃——布幔也被風吹得搖搖晃晃。

丁得力看著那閃爍不定的燈光，似乎感到心中安定了不少；如果燈被風吹滅，或是根本沒有點燈，在這黑漆漆的一座破廟裡，一定會感到恐懼和不安。

接著他又懷疑起來，這盞油燈是誰點的？這廟裡的人住在那兒？

他開始打量這座廟，廟共計分三間。

現在他站在供神像的這一間。左邊一間，旁邊停了一紅色的棺柩。諒是很久沒有人清掃、抹拭了，柩木上的灰塵，積有一寸多高。

右邊一間的牆壁上掛一支很大的琵琶，那圓鼓破裂，琵琶上的弦也斷了兩根——他直奇怪，這件破損的琵琶，為什麼還掛在那兒，沒有被拋棄——該是紀念品吧！

丁師傅自己也感到好笑。這本來就是一座破廟，沒有和尚或道士居住，平常也不見善男信女來供奉香火。他經過這廟附近，不知有多少次，從來也不想進來觀光或是燒香拜佛。如果不是這場狂風暴雨，他永遠不會走進來。他的心情如此，別人又怎會來光顧這破廟。

工作了一整天，又加上急跑了一段路，這時確實感到疲乏，便在靠近門口的壁旁坐下。兩腿伸直，脊梁倚著挺硬的灰壁，兩目微微閉起養神。

他希望雨能早點停止，那麼，他又可以趕回家躺在床上，好好地睡一覺，明日還要趕工。

可是，他側著耳朵傾聽，外面呼啦啦的風聲和雨聲，仍在敲擊著屋頂、牆壁，在短時間內似不可能停止——他無法回家，家中的人一定會牽掛他。

想著、想著，丁得力快要進入夢鄉。但耳中、腦中仍有搖撼著破廟的風聲、雨聲……

在他朦朦朧朧的當兒，忽然聽到：

「叮……咚……噹……」的響聲。

丁師傅察覺不出那是什麼音響，但絕不是風聲、雨聲。

那響聲由慢到快，有輕重疾徐的韻味。他忽然想起這是琵琶的聲音。

猛然睜開雙目，向右壁看去，果然聲音是從那破損的琵琶發出——聲音響亮，曲調高昂，抑揚頓挫得自然和諧，像是有人在挑撥彈奏。

但他看到那破琵琶，看不到人影。

已斷了弦、破了鼓的琵琶，怎會有響聲，是誰在撥那些斷了的弦？

一連串的懷疑、驚懼，已把他睡意全部趕走，突地冒出濕漉漉的一身冷汗。

丁師傅睜大眼睛看著那破琵琶，聽著那要銼斷自己神經的聲音，感到坐立難安，不知要怎麼辦才好……

忽然，左邊又有「骨……碌……禿……」的響聲。

他扭轉脖頸，見停在左邊壁旁的棺柩，忽然移動著向前直走——剛才聽到的，原來是棺木移動時，碰觸到磚地的聲音。

但是那踽踽行走的棺柩，沒有看到人推，也沒有看到人拉或是人抬，怎能自己移動——難道是棺木中的屍體作怪！

丁師傅覺得自己眼中冒火，全身的毛髮都筆直的豎立起來。

那屍體作怪的棺材，仍在移動——不，是仍在行走，走到那兒去呢？這廟很小，諒不夠這龐大的棺木散步……

還沒有想出結果，他覺得自己眼眶中的瞳仁快要跳出來了。因為，因為——

他顫慄著，上下牙床互相碰擊著發出咯咯的聲響，和那破琵琶的聲音遙遙應和——琵琶聲怎麼還不停止呢？

沒有錯，那龐大的棺材，正跌跌撞撞的、搖搖擺擺的直向他身旁衝來。來他這兒幹什麼，是找他算帳——他釘了棺木囚禁他？

「哎——呀——」丁得力大吼一聲，「救命」的話也喊不出口了。但覺得口乾，全身發抖，頭髮一根根的直豎著，快要飛出自己的身體。他已嚇得僵硬在地下，無法轉動。可是，從心底升起一股逃避的力量——他不能再癱瘓這兒了，真是說時遲，那時快，棺木已一步一步逼近自己——他霍地躍起，衝出廟門，進入風狂雨暴的世界。

狂風裹著大而急的雨點，劈頭劈臉的捶擊著他，纏繞著他，丁得力感到呼吸急促，兩腿軟弱。而全身浸濕在雨水裡，一股涼意侵襲著他，打了一個很大的寒顫，這才想起自己的厚外套脫在廟內沒有攜出。但現在不想去拿了，只要離開那座怪廟、破廟，安安逸逸的回去，明天再回去拿也不遲。

什麼，後面又有那兒來的「骨……碌……禿」的聲音？丁得力本能地掉轉頭向後看——「天啊，救命啊！」是心底在呼號，他已喊不出口。因為那紅棺材緊緊跟在他身後，和他採取相同的速度，向前狂奔。

心一慌，腿一軟（該是腳底一滑），他已仆倒在地上。他顧不得疼痛，更不怕泥濘，更不敢鬆懈片刻，急忙爬起向前疾奔。因為他聽到棺柩的移動聲，愈來愈逼近自己了。

丁得力揮舞著手臂狂奔著，那龐大的棺木也一步一步緊追著他，絲毫不肯放鬆。

本來他和棺木之間，還有一段「安全」的距離，但連跌了三跤，看樣子棺木中的屍體，很快就要趕上他了。他一面拚命狂奔，一面尋找躲避、藏匿的地點；但荒郊曠野，沒有他容身的地方，只有捨命向前了。

風聲、雨聲，加上那棺木移動的「骨碌禿」聲，像是一道金箍緊緊圍著他的腦袋，再加上那破琵琶的「叮叮咚咚」聲，他覺得自己腦袋快要崩裂了；但忽然之間想到，野外無處藏身，他該跑回廟內，關起廟門，棺材就無法進去了。

這樣一想，心中大為興奮，連忙轉一個彎，找一個小路，趨向那破廟。

由於這一線希望，增加了不少精神和力量，一口氣跑進那原來的廟——側轉頭看身後，那口棺木仍緊追著自己，不肯落後。

進了廟門，連忙關好兩扇大門，並在門後把一道木栓和一道鐵栓，緊緊扣起，他全身倚在門上喘息。

雖然那琵琶還在繼續地演唱「鬼曲」，但丁師傅心中已是安定了不少，棺木終於被他用計策甩在門外了。

可是，才喘息了極短的一段時間，門上就有棺木的撞擊聲了。剛鬆懈下來的心情，立刻又毛髮直豎，四肢顫慄。他從撞擊的聲音，知道那是棺木的「前簷」在連續地、猛烈地撞擊。

丁師傅一面全身用力支撐著門，一面在想這棺柩為什麼要追趕他；難道這具棺木真是他釘做的，而這棺中的屍體怪他多事？

這怎能怪他？他是做這行職業的，而且釘棺木是他的家屬請求和委託的，他是奉命行事。

難道怪他偷工減料，趁機「揩油」？

丁師傅額角的汗珠，像剛才外面的雨點那樣滾落；而「前簷」的撞擊一下比一下重，一聲比一聲緊，這兩扇腐朽的大門，恐怕快支撐不住那龐大的力量了。

他把全身的力量抵在門扇上，那棺材像撞在他的身上、他的心上；他覺得生死、陰陽之隔，就在那薄薄的、腐朽的門上……

「砰」一然一聲巨響，他左邊一扇門的門樞，被棺材猛地一撞忽然脫臼，門向內仆倒，他因閃避得快，才沒有被壓傷；他身後（右邊）的門也跟著倒下。丁師傅連連向後退，那大紅棺木已堂而皇之竄進來，像張著大口要吞噬他了。

琵琶的弦音被撥得很急，和他急促的心跳聲遙遙相應。現在他已無容身之地，看樣子，那棺木非要追到他不可。他今夜要死在這破廟，和琵琶、紅棺柩做伴了。

丁師傅在廟裡縱跳著，尋找藏身的地方，那口棺木也繼續跟在他的身後，如影隨形，怎樣也擺脫不掉。

猛抬頭，看到那高高在上的神座。緊張的心情突然放鬆下來。棺材會在平地跟蹤，總不會爬高、升空吧！

他爬上神案，跳近神座，拉開黃幔，一顆心像從胸腔躍出，不——胸中的肝、膽、肺都像被人挖空了。

原來，那布幔後的神像，面白如紙，而兩隻眼眶裝滿了鮮紅的血，正順著鼻梁，像兩條小溪在潺潺流滾……

神像看到他，兩隻眼珠骨碌、骨碌、骨碌轉動，像配合著琵琶聲、棺木移動聲合奏的三部曲。

丁師傅覺得自己僵硬在布幕前，像具木雕的神像，不能轉動，不能向前，也不能退後——魂魄已被那神像的兩隻眼珠攝去。

可是，他不知自己呆了有多久，忘記身在何處：是廟裡還是廟外；是陰間還是陽世。但琵琶聲仍聒噪地撥弄著，棺木仍發出不耐而急促的聲響，「前簷」正敲擊著神座……

而神像突然地張開大口，吹了一陣陰森森的冷氣，沁入他的肌骨、肺腑、心臟……

丁師傅感到整個廟宇在顛簸、晃蕩，整個地球在顫慄、搖撼。頭腦、肢體在暈旋、暈旋……心被撬空，膽被捏碎，神經被割斷，知覺被麻木……

他已無法支撐自己，頹然地倒下，琵琶聲、棺木移動聲、神像吹氣聲……在他腦中慢慢地隱退、消失、滑落、沉沒、杳無聲息……

＊

李富和丁老三先跨進這破廟，發現丁師傅安然地躺在神像前，於是丁老三跑出廟門喊丁老二和丁師母一同進廟。

丁師母一見丈夫便大哭起來，還是丁老二比較沉著，伸手摸他大哥的胸膛，覺得心口尚有餘溫，而脈搏還在正常跳躍，於是大家盤腿、搥胸，施行人工呼吸……

丁師傅很快醒過來了，他把夜裡所遭遇的那些可怕的事告訴大家。唯獨省略了平時做棺材偷工減料的事實和想法。

大家聽了，都認為丁師傅做了一場惡夢。

——原載《台視周刊》

愛的迴旋（廣播劇劇本）

蔡文甫　原著
改編

前記：

這是作者短篇小說原著，再改編為廣播劇劇本。廣播劇的聽眾，只聽到對話，看不到形象，在台詞中要點出空間、時間、人物特點，聽眾才知道故事的發展、衝突，才產生戲劇效果。

時　間：

×月×日上午十時零五分到十一時（與播出時間約略相等）

地點：

從華家大門口到客廳

人物：

華德茂——二十三歲，純正善良，熱忱進取。

王　瑜——二十三歲，華德茂之大學同學，富商之女，任性自負。

華　母——五十多歲，忠厚慈愛的長者，遍歷人世艱辛，言談富哲學意味。

吳瑛麗——十九歲，未考取大學之高中生，天真純潔，富於幻想。

王百得——二十八歲，王瑜之兄，倚富凌人，驕橫自滿。

王瑜拜訪同學華德茂，請教經濟學上的難題並藉機接近，但華德茂不讓她進門，祇在大門口和她談了一會兒，王瑜無奈，掃興辭別。

王瑜：我真的要走了，謝謝你的指教，再見。

華德茂：沒有招待，很簡慢，很抱歉！

王：不要虛心假意的抱歉了，你根本不願意招待同學嘛！

華：誰說的？不要冤枉了人。

王：嗯，冤枉了人？你看，攔住門口，不讓我進去，那兒像招待同學？等到開校友會的時候，我就要向同學們報告——

華：報告什麼？

王：報告華德茂待同學沒有禮貌。

華：我家裡太亂、太髒，讓妳這位千金小姐進去，那更沒有禮貌。

王：可是，我願意進去嘛！我現在就要進去看看你家裡究竟髒成什麼樣子，亂到什麼程度？

華：不行，不行！不能進去。

王：（大笑）看你急的那副樣子！你不要用雙手攔我，如果你不真心請我，我才不進去哩！

華：等我把家中整理乾淨了，一定請妳進去。

王：你老是說讓你整理好，你想想看，有多少次了，總是迎在門口和人家談話；你對同學真沒有誠意。

華：誰說我沒有誠意？

王：有誠意就該讓我進去。我們是多年的同學，我既然來看你，就不會嫌你的屋子不乾淨。你是拿這個做藉口呢？

華：唔，唔——是的，是一種藉口。

王：你為什麼這樣討厭我？

華：不是討厭妳。王瑜，王同學。祇是我很忙，我沒有多少閒工夫陪妳。

王：我不信你會忙到這種程度。再說，成年成月忙碌，也會影響身體健康。

華：謝謝妳，我的身體很好。

王：你看，今天天氣真美，陽光普照。待在屋子裡，真辜負了好時光。你陪我一道去碧潭划船好嗎？

華：很抱歉，我不會划。

王：不會划有什麼關係。到郊外走走，遊遊山，玩玩水，心胸就會開闊。

華：我說過，我很忙，我沒有那種閒情逸致。

王：你到底忙些什麼啊？今天是禮拜，也不休息？

華：我可沒有妳那麼大的福氣。妳有的是時間，有的是金錢——

王：你別損我了。既然你這樣忙，我們可以去看早場電影。看電影花時間不多。

華：很抱歉，我沒錢買票。

王：（嘻笑）好小氣！誰要你買票。是我提議的，當然是我請客。

華：不，那不好，那樣會傷害我的自尊心。

王：你這人真不好辦。我們是老同學，誰請誰還不是一樣——再說，自尊心能值多少錢一斤？

華：王同學，王小姐。世界上有許多事，妳永遠不會明白。我想，妳絕對不會了解，在妳眼裡看起來，認為不重要的東西，別人為什麼會那樣重視？

王：好啦，好啦！我不要聽這一套。我又不是哲學家，不希望把別人攪得比自己更糊塗。說真的，你到底願不願意陪我出去玩嘛？

華：不願意。

王：只是今天陪我一次也不行？

華：不行。

王：你真是冬烘頭腦，不討人喜歡。你不願意陪我去，真正的理由是什麼？

華：我家裡有客人。

王：天哪，你到現在才說實話。你家裡是男客還是女客？

華：男客。

王：抱歉，抱歉！你陪我在門口聊天，把客人冷落了，太不像話。為什麼我們不進去一起談？

華：哦——妳不能進去。妳進去了，客人會感到不方便。

王：好好好，我不進去。可是我不信，我進去會使客人不方便；除非是女客。

華：哦——是女客。

王：你這人太不乾脆（拍響手掌），我早就料到，你家裡有女朋友，所以才不讓我進門——

華：（搶著接上去）不要亂說，人家不是我的女朋友。

王：（嘻笑）那麼，她是什麼人？

華：是來這兒補習的學生。

王：（挖苦地）一定是個聰明、美麗、討人喜歡的學生！

華：妳怎麼會知道？

王：這道理非常簡單嘛！老師家裡來了個學生，寧願把同窗四年的同學攔在門外，不讓進門。這叫什麼？噢——叫厚彼薄此！

華：妳不該這樣相比，她和妳不同。

王：（急促地）怎麼不同法？

華：今天我們談得太多，超過談話的範圍了。應該到此為止，妳該回去了。

王：你不要攆我。請放心，我有家，我不會賴在這兒。
華：我不是攆妳，我沒有攆妳的意思。
王：你不要強辯了，誰曉得你腦子裡想些什麼？
華：我很單純，想什麼，就說什麼！
王：你才不那麼簡單哩！有時候，我覺得自己和你在一起談天，我真傻！
華：唉——的確不太聰明。妳該研究別人對妳的觀感。
王：（嘆氣！）不要研究便知道，你不喜歡和我在一起。
華：妳說話倒直爽，真是一針見血。
王：可是，天下的事太不公平。有不少的人請我，求我陪他們玩，我也不願意。你知道吧？
華：當然知道，在學校妳是校花。每個男同學都在談論妳，追求妳，注意妳的一舉一動。成天有人捧著妳，簇擁著妳，我怎麼不知道？
王：還有人反對我來找你，知道吧？
華：（性急地）那是誰？
王：我哥哥。
華：哦——（輕噓著氣）妳哥哥早就該管妳了！
王：哼（用鼻音），他才管不了我哩！我不管他就夠了，他還想管我？
華：妳不接受哥哥的意見已經不對了；還有什麼辦法去管哥哥？
王：辦法才多哩！可以講道理，使哥哥服我；可以建議爸爸媽媽，讓爸爸媽媽教訓哥哥，控制哥哥。

華：妳哥哥反對妳找我，他就不會告訴伯父伯母控制妳？

王：爸爸媽媽才不聽哥哥的話哩！而且，哥哥反對我和你來往的理由也不正確。

華：什麼理由？

王：我哥哥說，你！你……（猶豫地）你沒有好的家世。念大學的時候，要送報紙；大學念完了，又找不到職業——

華：（搶著說）一個人不靠祖先，不仰賴別人，用自己勞力充實自己，妳認為可恥？

王：那是我哥哥的看法。

華：不用說了，誰知道妳是怎麼看法。妳早該接受妳哥哥的意見！

王：我希望你不要介意，不要生氣、

華：（用鼻子哼了一聲）當然要生氣。

王：我看錯了你，真想不到你這樣沒有幽默感！

華：妳有幽默感？妳懂得什麼叫幽默感嗎？

王：不懂，不懂。我們不談這些。我問你，你為什麼不找工作做？

華：那是我的自由，妳管得了我？

王：誰敢管你？這叫好心沒好報。人家問你，祇是關心你呀！

華：妳關心我有什麼用？

王：也許會有用處。你知道我爸爸做什麼吧？

華：當然知道。妳爸爸是金東紡織公司的董事長，又是復隆煤礦的總經理。可是，妳一定也知道我的個性。

王：你的個性怎樣，我真的摸不清楚。

華：我是人窮骨頭硬，不願意靠裙帶關係

——

王：（搶住話頭）你又胡說了。我們是老同學，同學在學校裡可以互相研究學問，到社會上就該互相幫助。

華：謝謝妳的美意。可是，我不願意低頭求人。

王：你這人真是的，誰要你去求人嘛！你根本就不知道，我爸爸喜歡有志氣的青年，也會賞識和提拔有才幹的人。祇要我把你的學識和能力向他一說，他準會聘請你，重用你。

華：希望妳不要跟我開玩笑。那樣，對妳對我都不會有好處。

王：我講的是真話，誰跟你開玩笑，如果你不反對，我馬上就向爸爸提起你。

華：當然要反對。

王：反對的理由呢？

華：我不知道妳的用意何在？我要研究研究、考慮考慮。

王：男子漢大丈夫，不要婆婆媽媽的。人家祇是為同學服務，為爸爸推薦人才。有什麼值得研究和考慮的？你還以為我有什麼目的？

華：哦——不。那不是。

王：當然不是啊。你又不是三歲五歲的孩子。自己有主見，自己有判斷力，怕什麼？

華：不是怕——

王：不怕就好，那麼我回去就跟爸爸談談——哎唷！你看，我們一談就是這麼久，把你的客人怠慢了。我真的去了。一有好消息就來報告。再見。

華：再──再見。

華母：（在屋內遙遠地大聲喊）德茂！德茂！（由遠至近）德茂，呆站在門口幹麼，還不進來？

華：媽！我送客人，客人去了。我就進來。

母：你們在外面儘談，吳小姐等不及，她急著要走了。

華：（邊說邊向屋內走）您看，我就進去。

母：你這孩子真傻，為什麼不把客人請進來一起談？

華：媽！您甭管。這道理一時講不清，等有空，慢慢告訴您吧！

母：好，我不管。我還要去廚房做午飯，你快點進去和吳小姐一道研究功課吧！

華：媽，您去燒飯吧，我就進去。（腳步聲）吳小姐，很抱歉，耽誤妳不少時間，現在我們開始吧。

吳：不要！（拍響書本）我不要上課了。

華：妳生我的氣？

吳：不是，我以後不需要補習了。

華：妳臨時改變了考大學的計畫？

吳：不是的，我一進門就想告訴你。可是見你教得那樣熱心，所以我沒有辦法開口。今天你講的，我全沒有聽進去，因為我──我一直想把新的決定告訴你。

華：考不取大學的人很多，妳也不要灰心。妳複習功課這麼久，半途而廢，實在太可惜。

吳：那是不得已的事。

華：坐下，吳小姐。我們坐下慢慢談。我不會勉強妳。妳知道，我是從來不勉強別人的；但我要明白，妳為什麼會改變計畫？

吳：媽媽不讓我考大學了。

華：那是老問題。妳母親是一直不讓妳念書的。

吳：這次不同，媽媽對我有了新計畫。

華：我本來不喜歡管人家的閒事。可是，妳知道，我一直關心妳；如果這個對妳不算祕密，我很想知道妳媽媽的新計畫。

吳：我媽媽——媽媽要我——結婚。

華：（大笑）好消息，好消息！

吳：人家煩死了，你還尋人家窮開心。

華：好，我們談正經的。妳結婚的對象是誰？

吳：是個「小開」！

華：「小開」算是那門子職業？

吳：我怎麼知道？是媽媽說的。

華：那麼「小開」一定很有錢了？

吳：不知道。媽媽說，他家裡開礦，還有工廠，他爸爸是總經理。

華：妳見過那個人嗎？

吳：見過。

華：妳喜歡他嗎？

吳：不知道。

華：他喜歡妳嗎？

吳：唔——（略猶豫）不知道。

華：妳看，我問得多傻？妳明明白白地告訴我：妳不讀書了，要結婚了。當然，妳喜歡那個有錢的小開；那個紈袴子弟也喜歡妳——

吳：（打斷話頭）你憑什麼這樣說？

華：（不理她）男女雙方願意才會結婚。妳左一個「不知道」，右一個「不知道」，現在我明白妳說的「不知道」是什麼意思了！

吳：（負氣地）你認為是什麼意思？

華：（冷笑）那還不容易明白。女孩子說的不知道，就是不便說，不好意思說；也就是「知道」的意思——

吳：（生氣地）我走了！

華：不要走。瑛麗，妳不要生氣，我的話還沒有說完，妳不要誤會了我的意思。我並不怪妳，妳沒有錯。

吳：我母親錯了？

華：妳母親也沒有錯。

吳：那是誰錯了？

華：錯的是那位小開！（激昂地）小開家裡有錢，便認為錢是世界上最寶貴的東西，有錢便可以買到一切。但是他永遠不會知道，有些東西看不見，摸不著，永遠不能拿錢交換。

吳：我不懂你說些什麼；我又不會猜啞謎，我不要聽。

華：妳現在不懂沒有關係，以後就會懂的。瑛麗，不，吳小姐。我問妳，他答應妳家裡什麼條件？

吳：條件？哦——條件。是的。他答應負責我弟弟妹妹們未來的全部學費，還讓我爸爸做門市部主任。

華：（挖苦地）這條件真不錯！

吳：媽媽告訴我，我們家沒提條件，是對方的好意自動願意——

華：條件是誰提的並不重要。瑛麗，妳父親答應了，是吧？

吳：那不能怪我爸爸。你知道的，我爸爸

華：（接著）是的，妳爸爸當了三十年的小職員，不但爬不上去，連最起碼的生活都無法維持，現在有這樣大好的機會，所以連女兒的前途和幸福都不顧了。

吳：你認為我爸爸不對？

華：我沒有怪妳爸爸。我誰都不怪，我祇怪我自己。

吳：這是我自己的事。我不明白，為什麼要怪你？

華：我怪我自己，為什麼要這樣關心妳？又怪我自己沒有力量幫助妳。

吳：你幫助我已經很多了。我在這兒補習將近一年了，從來不收我的補習費。

華：這還算幫助？如果我有錢，有地位，有公司行號，我就聘妳父親做獨當一面的主管，我就幫助妳和妳弟弟妹妹完成學業——

吳：你的人好，你的心更好！所以我一直很尊敬你、崇拜你。

華：人好、心好就不會有錢，錢和好心永遠不能連在一起。如果我有了錢，那時候人也不會好，心也不會好……

吳：你今天為什麼盡講錢、錢、錢……？不能講些別的嗎？

華：這是一個錢的世界，為什麼我不能談錢？瑛麗，我告訴妳：有些人心裡想錢，手裡抓錢，可是還要裝成正人君子，聽到錢皺眉頭，看到錢說是髒東西。妳還不知道他們用不正當的手段，明裡暗裡攬了多少錢？

吳：我不要聽你的牢騷！

華：這不是牢騷，完全是事實，事實是沒有辦法隱藏的。妳說，那一個女孩子不愛虛榮？不愛金錢？

吳：好怪！你怎麼教訓到我的頭上來了！

華：不是教訓妳，我祇是善意的提醒妳！瑛麗（柔和地），不要為了金錢去結婚。妳要知道，婚姻裡面摻雜了物質條件，結果是很難美滿的。

吳：你祇曉得張著嘴巴說人，就不曉得拿面鏡子照照自己。

華：什麼？我自己？我自己又做錯了什麼？

吳：你到現在還在我面前裝傻？你自己還不是一樣的愛好虛榮！見到有錢有勢的女孩子，就放棄自己的原則——

華：這是那兒來的話？妳說的女孩子是誰？

吳：是誰，你自己心裡明白。為了瞞住我，把人家擱在門口談心。人家答應了給你條件，你就拜倒在人家石榴裙下——

華：誰說的？誰告訴妳的？

吳：你還要裝？我告訴你，你們在門口講的話，我全聽到了。過去我以為你是個好人，有著高貴的心；誰料到你是個騙子，是個口是心非的騙子！我再也不要理你啦（大聲哭泣）！

華：瑛麗，瑛麗，不要哭，妳聽我說。妳知道王瑜和我的關係吧？

吳：知道（哽咽著）。

華：妳明白她來幹什麼的吧？

吳：那祇有你自己心裡明白！

華：現在我可以告訴妳：她是來研究經濟學上面的問題的。

吳：她為什麼要特別地找你？

華：我們是同學。碰到疑難問題，同學總是互相討論的。
吳：我才不信哩！
華：信不信由妳。我和她同學這麼久，她一直是這樣子。她天真、任性，千金小姐的脾氣特別大，所以她來我這裡，我從不讓她進門——
吳：她平時來，你也攔她在門口？
華：當然啦！妳還不知道我對她的態度呢！
吳：怎麼樣？
華：她用她爸爸公司有銜頭的信封寫信給我，我看都不看，就原封退給她。
吳：你做得不是太過分了？
華：那有什麼辦法？她要在我面前炫耀有錢有勢的派頭；我就表現得更自傲，更自負——
吳：你是自卑！
華：對。妳說得對，我是自卑。我和她在一起，她就像站在十八層高的大樓上低頭看我，我要仰起頭來才能看見她。所以我要折磨她，疏遠她——
吳：可是，你答應她，要在她爸爸公司裡工作！
華：妳聽到的，去不去我還沒決定。就是去了，我相信也不要緊。憑自己的學問和本領去獲得工作，並不是丟臉的事。
吳：這絕不是你的真心話。你祇是藉這機會接近她，讓她有時間征服你。你心甘情願做她的俘虜，還在我面前巧辯，我才不要聽哩！
華：好啦，這問題不要談啦，以後會用事實來證明。瑛麗，我問妳：妳真的放棄讀書的計畫？

吳：你管得著？

華：不，不是管妳，我是真正地關心妳。我雖然沒有物質的力量幫助妳；但可以在精神方面支持妳！妳要知道，有時候精神的力量，比物質的力量重要得多！

吳：（嘆氣）為了這個問題，和媽媽爭論了一晚，都沒有得到結論。

華：妳父親怎麼說？

吳：我爸爸保持中立。他讓我自己決定。

華：那太好了。如果投票，已是二比一的優勢。妳為什麼要決定不讀書？

吳：本來今天要向你請教；可是（猶豫地）——突然間發現，你並不是個可靠的人。

華：我怎麼不可靠！

吳：你平時嘴裡所講的，並不是你心裡所想的（嘆氣）。現在我才知道，人心是頂難揣測的了！

華：我明白了，妳一定是指王瑜的事。剛才我對妳解釋得那樣清楚，妳還在冤枉好人。

吳：你是好人壞人，現在對我來說，已不太重要。（拍響書本）我要走了！

華：不，妳不要走，妳要聽我說。（有腳步移動聲、喘息聲、桌椅碰擊聲）

吳：你不要碰我（喘息聲、嘶啞聲），你的手放開，不要抓住我的手。

華：瑛麗，瑛麗！我要把藏在心裡的話告訴妳（有掙扎聲）。妳一定要聽我說，我是非常喜歡妳——

吳：你放開我。我不聽你的謊話。

華：瑛麗，真的。我是非常——非常地……愛妳——

王百得：（腳步聲，邊走邊嚷。）喂！喂！人呢，有人嗎？

吳：放開我，有人來了。

華：你要聽我說，我要把心中……

得：為什麼沒有門牌？是二十六巷十三號嗎？這是多麼倒楣的號碼啊！

華：你找誰？

得：我我……噢——好啊，好鏡頭，真夠「意思」！

華：你為什麼不打招呼，不敲門，隨便闖進人家的屋子？

得：不要神氣活現，跑進這破房子有什麼了不起？值得這樣大驚小怪！好哇！好！好！吳小姐！吳瑛麗！你在這兒做的好事？

吳：王百得！出去！你出去！

華：瑛麗！妳認識他？

得：（冷笑）好哇！你媽媽說妳在這兒補習。原來「補習」是這樣解釋的。

吳：你出去，我的事你管不著！

華：你這傢伙不要信口胡說！

得：什麼？吳小姐。妳說得倒輕鬆，妳的事我不管誰管？妳媽媽已經答應把妳嫁給我，我就是妳的未婚夫！妳還裝糊塗？

吳：這是什麼地方，能讓你胡說八道？你不要一廂情願，我答應了沒有？

得：妳遲早會答應我的。我有錢，有地位！還有優厚的條件給妳，妳當然會答應。

吳：別做夢！你以為拿錢可以買到我？你也不睜開眼睛看看，我是怎樣一個人？

得：（大笑）我早就看過了，妳是一個年輕、漂亮而且純潔的女孩，妳還沒有領略過金錢的魔力，現在妳跟我一道出去，妳就會知道這是一個怎樣的世界！

吳：你認為我會跟你出去？

得：為什麼不去呢？妳母親要我找妳，一道去買訂婚的首飾、衣料。現在汽車停在門口，妳跟我走吧！

吳：我不去。

得：妳應該跟我去，這是一個好機會，我要把妳打扮得像公主。我們去最大的綢緞店，買最高貴最漂亮的料子，為妳裁製新裝——

吳：我不要！

得：我要送妳去最大的美容院，為妳燙髮、修指甲、美容——

吳：我不去！

得：然後，妳知道我們要去那裡？

吳：誰管你！

得：我們再去最大的珠寶店，妳可以選購妳自己最喜歡的項鍊、手鐲、別針、戒指——當然，我要送妳一顆最大最美的鑽石。三克拉！夠了吧？

吳：不知道。

得：三克拉不行，五克拉、六克拉該行了吧？

吳：不知道！

得：現在沒有看到鑽石，妳當然不知道鑽石的可愛。一個漂亮的女孩子，戴上光輝燦爛的鑽石，妳知道有多少人羨慕、妒忌？

吳：我不要聽。

得：別人羨慕妒忌有什麼用？我還要建築一棟精緻的洋房讓妳住。裡面有花園、噴水池、游泳池，還有寬敞的大廳，經常舉行「派對」。妳像公主、皇后一樣生活，該滿意了吧？

吳：你是不是瘋了？儘說瘋話。

得：（大笑）不瘋，一點兒都不瘋，我說的全是真心話，真心話有時不容易被別人接受，如果妳仔細想一想；就知道不接受我條件的人，將是多大的傻瓜！吳小姐！妳該接受了我的條件了吧？

吳：不接受。

得：現在不接受不要緊，我知道你會改變主意的。

吳：永不改變。

得：（冷笑）等著瞧吧？真的，我不相信。在這種又髒又臭的破房子裡補習，能學到多少東西？假使妳真想念書，我會花點錢，雇一打學問好的人教妳，包妳進步又大又快！

華：喂，你這傢伙，講話請客氣一點！

得：你是誰？

華：我是這兒的主人，是我幫瑛麗補習的。你姓什麼？

得：（大笑）難怪你對我這樣不客氣。你連我——王百得的大名都不知道？

華：你叫王八蛋？

得：不要開口傷人，我名字的用意，就是我想要的千百種東西，都能夠如意的獲得。

華：好了，管你是「拔德」，還是「敗德」，那是你自己的事，別人不願意管你，剛才我聽你說了很多狂話，你真的很有錢？

得：當然，我家裡有不少錢。

華：你家裡的錢是那兒來的？

得：那還用懷疑，是賺來的啊！

華：你會不會賺錢？

得：我家裡有房屋、有地皮、有工廠、有煤礦。吃的、穿的、住的、用的都不缺，還要我去賺錢？

華：你知道吧，天災人禍可以毀滅一切。颱風、地震、水火、戰爭等等，能把滄海變成桑田，繁華的都市也會變成廢墟。你能確信你家的工廠、煤礦永遠不會倒閉、坍塌？

得：你嫉妒，你幸災樂禍！

華：如果你家裡的財產光了，衣食住行都成問題了。你靠什麼養活自己？靠學問？靠智慧，靠勞力……？

得：（大嚷）豈有此理，你罵人！

華：先是你不講理開口傷人……

得：你不講理。

（雙方亂喊亂嚷）

華母：德茂！德茂！為什麼要大吵大鬧？

華：媽！這個人不講理！

得：他坐在家裡欺侮人。

母：不要吵，不要吵。你們先坐下，坐下才能講道理，請坐。（桌椅碰擊聲）

得：豈有此理！

華：真是豈有此理。

母：你們講話的聲音，大得像開收音機。低級的聽眾，才把收音機開得很響；沒有智識的人，嗓門高得才像吵架。你們都受過教育，為什麼不心平氣和地講理？

華：媽，您不曉得這傢伙，多麼瞧不起人！

母：不要這樣講。他是客人，對待客人要有禮貌，請問這位先生貴姓是——？

得：我姓王。

母：王先生，你不是來吵架的吧？

得：當然不是，我是來接吳小姐的。

母：那請吳小姐跟你出去就是了，何必吵架？

吳：我才不跟他出去哩！

母：為什麼？

吳：我根本不認識他。

得：你說謊！我們見面是經過正式介紹的，還在一起吃過飯。

吳：那是我媽媽安排的，我根本不願意見你。

得：（得意地笑）那還不是認識了？

吳：認識了又怎麼樣？我就是不跟你出去！

得：一定要妳出去！

吳：絕對不去。

得：非去不可！

母：王先生，我告訴你，對女孩子不能用強迫的辦法，應該用說服的工夫，祇要你說出道理，她就會跟你走的。

得：她不識好歹，不接受我的好意。

吳：你完全站在自己立場，為自己著想；我為什麼要接受你的惡意？

得：妳有偏見！如果妳和我在一起，對妳來說，算是從糠籮跳進米籮。這是一種難得的好機會，妳不接受，將來一定會後悔。

吳：絕不後悔。

得：妳的父母會後悔！
吳：我爸爸媽媽是明理的人，才不願意睜著雙眼，把女兒送進火坑！
得：什麼？妳罵人？我的家是火坑？
母：別吵！想講道理，聲音該小一點，自己是好是壞，必須讓別人去判斷。因為很多人是沒有自知之明的。
得：我不跟妳講了，大家都幫助妳，我馬上就把妳的決定，告訴妳父母，他們會站在我一邊，等著瞧吧！有錢有勢的人是會獲勝利的。
華：快點走吧！你是不受歡迎的客人，我們不會留你。
得：走，我馬上走。我才不願意留在這兒哩！在這破房子內待久了，把窮氣惹上身，那才划不來哩！
華：你又胡說了。
母：王先生，對不起，我沒有好的招待，祇能送你一句好話。
得：什麼話？
母：謙虛有禮的人，到處受歡迎；不說傷害別人的話，就不會被輕視。
得：夠啦！不要教訓我。有錢的人，到處佔上風；絕不接受別人教訓，你的話是多餘的。再見！
母：（嘆氣）再見！
王瑜：（院子內高跟鞋聲）哥哥，哥哥！你來幹麼？
得：我來這兒找人。妹妹！（厲聲）你來幹什麼？
王：我來找你啊！
得：簡直是笑話。妳是女孩子，女孩子一定

要到高尚的地方，怎麼可以亂闖？

王：哥哥，你真糊塗，女孩子難道就不是人？你當著這麼多的人，說這樣糊塗話，連我都替你難為情。還有，你認為這兒不高尚？

得：我不和妳鬪嘴。我問妳，妳怎麼知道我在這兒？

王：你真不太聰明（嘻笑）。你的汽車停在門口，還不是等於告訴人——

得：有道理，有道——理。

王：哥哥，你還沒告訴我，你來找誰？

得：我……我——找吳小姐。

王：噢——我明白了，這位吳小姐，就是哥哥不離嘴講的美麗的安琪兒。你為什麼不幫我介紹。

得：要介紹幹麼？妳自己看好了。

王：哥哥好小氣！你不介紹，我會自我介紹。吳小姐！我叫王瑜，王百得是我哥哥。

吳：（勉強地）王小姐！妳好。

王：我們一見如故。以後我們就是朋友。

吳：謝謝妳，我不敢高攀。

王：不必客氣，成了一家人，還有什麼高低？

吳：我們還是第一次見面，請妳說話客氣點。

王：怎麼？我的話並沒說錯啊！哥哥，你們怎麼會跑到這兒來？

得：她來這兒補習，我是從她家中趕來的。

王：噢——現在我全明白了。華德茂，我問你，你不讓我進門，就是為了這位漂亮的小姐？

華：妳不要把別人和妳扯在一起。這地方，妳是不該隨便跑進來的。

王：進來沒有關係，我是會跑出去的。

華：我不是這個意思，我祇是提醒妳，妳不屬於我們這個階層，應該快點回到妳的象牙之塔去——

王：你不要攆我，我不會賴在這裡。我把話說完了就走！

得：妹妹，妳怎麼認識他？

王：什麼，哥哥，你們還不認識？

得：我認識的都是有錢有地位的大亨，怎會認識這窮小子？他到底是誰？

王：哦，我忘記跟你介紹了（嘻笑）。他就是我跟你提起過的：學問好，脾氣傲的同學華——

得：噢，噢——嘖，嘖（連聲咂嘴，表示輕視）妳那樣欽佩他，我還以為他是三頭六臂。誰知道，看起來，他還不是一副木頭木腦的樣子——

王：哥哥，你又糊塗了，怎麼可以當面得罪人？

得：我才不管那麼多呢！是妳喜歡他，又不是我喜歡他。對啦，妳剛才說看到我汽車才進來，根本是說謊。妳來這兒是為了找他？

王：是又怎樣，不是又怎樣？

得：不要撒嬌啦！趕快跟我回去。男人不喜歡妳，窮追有什麼意思？女孩子要躲在家裡，接受別人追求。如果走出來追男人，就會把男人嚇跑的。

王：哥哥，你不要說得這樣難聽好不好？人家有正經事找同學商量，誰像你成天沒事做，專打壞主意。你真是以小人之心，度君子之腹——

得：別扯啦！妳有什麼事要找這窮鬼？

王：哥哥，不許胡說。喂，華德茂，我告訴你。我爸爸答應了，你說高興不高興？

華：答應什麼？王同學，請妳把話說清楚一點，我不知道你的話是什麼意思？

王：我爸爸答應你進公司工作了。祇要你願意，明天就可以上班。

華：妳不應該這樣開玩笑！

王：誰和你開玩笑？明天就送聘書給你。我爸爸公司裡，正需要你這樣人才，上班愈快愈好。

華：公司裡要我幹什麼？

王：我爸爸讓你做發展研究室的主任。

華：妳認為我會去？

王：為什麼不去呢，去了以後，你的學問和才幹，有了表現的機會。對你，對公司，對社會都有好處。我相信你會去的。

華：妳想得太天真了！我不會去。

王：你一定要去！

華：我一定不去！

王：你不去，我怎麼向爸爸交代？

華：那是你自己的事。我不能為了遷就別人，改變了自己的原則。

王：我才不相信你有什麼鬼的原則：你祇是愚蠢、固執，不接受別人的意見——

得：（插進話頭）妹妹！別任性了。我代表公司的意見。公司裡不需要像這樣又窮又傻的人去研究發展。妳還是快點跟我回家！

王：華德茂，你真的不去？

華：絕對——不去！

得：妹妹，走吧！不要自討沒趣了——喂，吳瑛麗小姐，妳想好了沒有？妳真不和我一起去買妳自己用的東西？

吳：（學華德茂的口氣）絕對——不去！

得：你們會後悔的！

王：你們會後悔的！

華吳：（異口同聲）我們絕不後悔！

王家兄妹：再見！

華吳：再見。

華：他們到底走了。瑛麗，妳失去一個進天堂的機會，真的不後悔？

吳：不知道那是天堂，還是地獄，為什麼要後悔？你失去一個工作的機會，也不感到後悔？

華：當然不後悔。哦——我忘記告訴妳了，我已有了工作。

吳：你騙人，你是說謊來安慰我。

華：我講的是真話。一家規模很大的貿易公司，請我去做英文祕書，明天我就去上班。你如不信，可以問我媽媽。

母：德茂是老實人，老實人不會說謊。妳該相信他的話。

吳：那太好了，我今天真為你高興。

華：今天我也為妳高興。他們兄妹來這兒，耽誤我們不少時間，我們該接著講下去了。

吳：好吧——不過，今天講過的功課，都沒有聽進去，還是從頭開始吧！

——原載《廣播》月刊

出巢記（電視單元劇劇本）

蔡文甫 編劇

人　物：

萬莉莉：二十歲不到的少女，天真、性好冒險。
萬志剛：莉莉的父親，四十七、八歲，嚴厲剛強。
萬太太：莉莉之母，慈愛柔弱。
萬明德：莉莉之弟，十三、四歲，聰明、頑皮。
趙右杰：舞師，三十歲左右，吃軟飯，玩弄女性。
陶淑蓉：受害墮落之少女，二十餘歲。
警察一人：露面，不說話。

場景：

A——萬家客廳：中等人家的客廳兼子女書房，左右有書桌。

B——「舞蹈研究社」可供教學跳舞的場所，有唱機、鬧鐘，一角有床，簡陋得很。

C——郊外帳篷。

D——飯店一角。

時間：

初春季節。

地點：

大城市。

第一場

場景：A——萬家客廳。
時間：晚上。
人物：莉莉、父、母、弟。

（明德坐左側書桌，埋首作功課。）
（鏡見桌上方壁上，掛滿各式獎狀。）
（明德忽搔首思索，一會兒作領悟狀，拍桌歡欣。）

弟：哦——好了，好了，我想起來了！

（弟伏桌直書。）
（莉坐右側書桌。無法靜心閱讀，一會兒翻書，一會兒從右角書堆中換一本書閱讀，一會兒又從抽屜取出一疊電影明星照片研究。）
（鏡見壁上貼滿大字標語：
「勤有功、嬉無益。」
「今日事、今日畢。」
「養不教、父之過。」
「少小不努力、老大徒傷悲。」）
（標語旁掛一藤條。）
（父背手踏入。）

父：莉莉，妳在幹什麼？

（莉手足無措，欲立又坐。想藏照片於書下，覺不妥又想藏進抽屜。）
（父搶照片在手翻閱。）

父：好哇！要妳用功念書，妳反而在這兒偷看明星照片！

（莉畏縮站起。）

莉：爸！我念累了，休息一會兒。

（志剛以抓照片的手，連照片拍在桌

上，照片滿地飛。）

（莉想撿照片，但畏怯地又縮回。）

父：妳膽子可不小，還敢在我面前頂嘴！我問妳：妳累，弟弟怎麼不累？

（鏡見弟弟原側轉軀體，看父責莉，此刻急奮筆書寫。）

莉：這……這個。因……因為他……他是男生，身體壯，精神好。我是女生，做功課太久，就受不了。

（父翻桌上書籍簿本。）

父：胡說！我問妳，妳今兒什麼功課都沒有做，那兒會累！

莉：我是在複習，複習舊的功課。

父：妳專喜歡強辭奪理，不務正業。去跟我站好！

（莉莉已習慣於這命令，機械地向後轉，面對牆壁。）

父：念我告誡妳的話五遍！

莉：（勉強）勤有功、嬉無益！

父：大聲念！

莉：（略大聲）今日事、今日畢！

（父顛頭簸腦得意。）

父：再念。

莉：「少小不努力、老大徒傷悲。」

（莉倏地轉身，面對父。）

莉：爸！（倔強地）我不要念了！

父：（驚異）為什麼？

莉：天天要我念這個，念那個，膩死我了！

父：可是——

莉：我已成人長大，又不是小孩子！

父：可是，可是妳為什麼做不到？

莉：我愈念這些標語，就愈不想念書！

父：胡說！胡說！完全是胡說八道！

（父大步向前，取下藤條，猛拍桌面。）

父：伸出手來！

（莉莉伸手，又急縮回，搓手畏縮，怕打。）

（萬母雙手端兩碗蓮子湯進鏡。）

母：志剛，一股勁兒的吵吵嚷嚷，什麼事啊！

父：看妳這不長進的女兒，什麼都想幹，就是不想念書。

（母放一碗蓮子湯在兒子桌上，端另一碗奔向女兒。）

母：念書要慢慢來啊，何必驚天動地的，嚇壞了孩子。先吃一點點心吧！

父：我不吃！

母：誰說你，我是說莉莉！

父：不許她吃！

母：這就是你過分了！小孩子，怎可以不吃點心呢？來，莉莉，過來。

（莉莉想去接碗，又畏縮的坐下。）

父：（怒喝）不行！功課沒做好，不許吃東西！

（母無可奈何，轉身見兒子正伏案疾書，做功課不輟。）

母：明德，你為什麼也不吃？

弟：我做完功課再吃。

母：你這孩子，用功過度了！現在不趁熱吃，待會兒涼了，就不好吃了。

父：莉莉，妳看妳弟弟多乖，多懂事，妳怎麼不跟妳弟弟學一學？妳能有他十分之一也好！

（弟得意地端碗，一口喝完蓮子湯。狀

甚得意。）

（母將點心放在莉莉桌上。）

母：好啦好啦！讓莉莉吃吧！莉莉！

莉：（倔強）我不餓！

母：妳這孩子，別說話！快吃！

莉：不吃不吃不吃嘛！

父：她不吃就算了，端進去！

（母端兩只碗下。）

母：（嘆氣）莉莉這孩子，就是強，不肯聽話。現在該把脾氣好好改改了。

（父把藤條摜在莉莉桌上。）

（向兒子。）

父：明德幫我看住莉莉，如果她偷懶，你就告訴我。

（父下。）

（莉回座，打開書，又從抽屜內拿出小圓鏡照著，拔眉毛，梳頭髮。）

弟：（大聲）爸，你看姐姐噢！

（明德扭頭看姐姐放回鏡子關抽屜。）

莉：（低聲）討厭！

（莉看了一眼書，又跳起撿地上的照片。）

弟：爸！姐姐不做功課！

（莉恨恨地遙指明德，嘴動不敢出聲。）

（莉把照片放進抽屜，又作讀書狀。）

（莉又拿出指甲刀修磨指甲。）

弟：爸！姐姐又不念書了！

（莉猛地躍起，猛摑了弟弟一記耳光。）

（弟摀臉站起大哭。）

弟：爸！姐姐打我。你快來啊！

（父搶入抓起藤條。）

父：這還得了，不肯念書，還要怪弟弟，打

弟弟！

（母衝入攔住。）

母：女孩子這麼大了，該給她留點面子！

父：她完全是自討其辱！

（母搶下藤條摜在地上。）

母：我老早就說過，讀書要慢慢來，不能性急。

（父跨向書桌，打開一本書翻了翻，用手指著。）

父：我告訴妳，要把這課書念熟，背給我聽，有你受的……

（姐弟二人俱快快坐下，埋首書桌。）

（父母同下。）

（莉察看四周。把牆上格言一張張揭下，團成一個大紙團，放在桌上。）

第二場

場景：B——舞蹈社。

時間：晚上。

人物：莉、趙、陶。

SE：音樂聲。

（趙擁莉跳舞）

（唱機在放音樂。）

趙：妳又踩到我的腳了！

（趙放開莉，彎腰揉腳尖。）

（陶拉開唱機的針頭。）

（音樂驟停。）

莉：對不起，很痛吧！

（趙站直。）

趙：不要緊，一點點。妳今天跳起舞來，不太伶俐，怎麼啦？

（陶走向他們。）

陶：莉莉啊！妳一定是太緊張。根據我的經驗，要把心情完全放鬆，跳舞才跳得舒坦。

趙：陶小姐的話對啦，妳一心一意想著回家，邊跳邊看錶，那兒會跳得好！

陶：工作時工作，遊玩時遊玩，現在是玩的時候，怎麼想到回家？

趙：來來來，我們都把手錶脫下，先要忘記時間，忘記回家。

（趙脫下自己錶。）

陶：莉莉，妳也該把錶拿下。

（莉舉起手腕遲疑。）

莉：我要按時回家，不看錶怎行！

（趙伸手向莉。）

趙：妳先把錶給我，我自然有辦法。

（莉將錶交趙，趙放進書桌抽屜。順手抓起桌上鬧鐘。）

趙：妳要什麼時候回家？

莉：十點。

（趙撥鐘再上鬧鈴。）

趙：現在妳可以放心大膽地跳了，到了十點，鬧鐘會叫妳。

莉：這主意不錯。

趙：實際上回家遲點、早點，有什麼要緊！

莉：你真不知道我爸爸的規矩多嚴！

（陶走近唱機放音樂，趙擁莉作舞姿。）

陶：回去賠個罪，請媽媽講個情，還有什麼過不去的事情？跳舞吧！

（陶抓起皮包。）

陶：你們跳吧，我要出去一下，一會兒回

來，再見。

莉：再見！

（陶下。）

（趙和莉跳舞。）

（鏡見唱機，唱片旋轉。）

第三場

場景：A——萬家客廳。

時間：接前場。

人物：父、母、弟。

（父背手踱步，看壁上的電鐘，鐘指十點。）

（弟伏案作功課。）

弟：爸先去休息，我在這兒等姐姐。

父：不，我要在這兒等，看莉莉到底什麼時候回來。

（父伸腕錶對鐘，搬椅子把電鐘時間撥快五分，再從椅子跳下。）

（母入看鐘。）

母：你們都去睡，我來等莉莉，我要問她去那兒了，這麼晚還不回來！

父：莉莉就是妳寵壞了，現在她居然這麼晚還不回家！

母：也許她是有什麼意外的事耽擱了。

父：她能有什麼意外？哼！教她受點教訓也好，這樣的女兒早晚要丟萬家的臉！

母：你說，莉莉丟了你什麼臉？

弟：媽，我知道——

父：小孩子要少說話，多做功課。

母：你先去休息，明德橫豎要做功課，教他等他姐姐好了！

（父打呵欠。）

父：也有道理。我們先進去，明德！等你姐姐回來的時候，你要看清楚是幾點鐘，我要跟她算帳！

（父母下。）

（弟做功課，打呵欠、伸懶腰。看鐘。搔首想主意。搬書桌，橫遮門口，用椅背靠書桌。）

（弟伏椅背假眠。）

（鏡特寫電鐘。）

第四場

場景：B——舞蹈社。

時間：接前場。

人物：莉、趙、陶。

（鏡見唱機，唱片旋轉。）

（趙和莉跳慢華爾茲。）

（音樂停止。）

（莉掙脫趙的擁抱。）

莉：慢舞步，沒勁兒，一點都不夠刺激！

趙：那，我們跳快的。

音樂又響，快三步。

（趙放唱片。）

（趙擁莉起舞。）

（兩人愈跳愈快，迅速旋轉。不久二人跌倒。）

（趙躍起拉莉莉。）

趙：抱歉！地上的蠟，打得太多了。跌痛了吧？

（莉慢慢撐起，撫摸臂部腿部痛楚。）

莉：（不好意思）沒……沒有什麼。

（趙拉莉莉站起，扶莉莉坐下。要為莉莉按摩，莉莉拒絕。）

（痛定之後，莉舉腕看錶，憶起錶已脫下，快步向書桌抓起鬧鐘。）

莉：怎麼才八點半！

（趙也挨著看鐘，故作驚訝狀。）

趙：八點半？

（莉舉鐘在耳畔聽搖。）

莉：害死人！它老早停擺了！

趙：抱歉！抱歉！我們相信機械，誰知機械靠不住。

（莉從抽屜內抓出自己手錶看時間。）

莉：現在已經十一點了。這可怎麼辦？我怎麼回家！

（趙掏菸打火噴菸。）

趙：萬小姐，我要提醒妳，妳已是這麼大的人了，怎麼老是把家，家，放在嘴上！像我像陶淑蓉，到處為家！

（莉戴錶，再看時間。）

莉：我不是那種人。

趙：妳是什麼樣的人？妳是小白兔、小百靈鳥！

莉：如果我不回家，我爸爸準會打死我！

趙：妳太小看自己了，今兒晚上，妳就可試試自己膽量。

莉：謝謝你，再見！

（莉抓桌上皮包向外走。）

（陶淑蓉上。）

陶：怎麼啦？這麼早就走？

趙：回去晚了，她怕她爸爸不肯開門！

陶：如果妳爸爸不給妳開門，妳馬上回來，我陶淑蓉陪妳！

（莉莉不答，匆匆下。）

第五場

場景：A——萬家客廳。
時間：接前場。
人物：莉、父、母、弟。

（鏡見電鐘指十一點半，又見弟伏椅背酣睡，呼聲如雷。）

（莉悄悄入鏡，見狀躊躇，低首彎腰想從桌下鑽入，但被椅腿堵住。從桌面爬越，推椅背，用力太猛，椅被推翻。）

（弟跌倒驚醒揉眼四顧。）

（莉從桌面跳下。）

弟：好哇！妳這麼遲回來，還敢推我！

莉：你不要大喊大叫好不好！

弟：我就是要大喊大叫。妳自己看，現在是幾點了！

（弟抬頭看鐘。）

（莉扶起倒下的椅子，搬到鐘下，登椅撥鐘撥成十點。）

弟：妳把鐘撥慢了，也騙不了爸爸！

（弟爬起。）

（莉跳下將椅子送回。）

莉：你還沒有睡醒！完全是說夢話，現在就是十點！

弟：我十點半的時候，還看過時間，時間過去了，怎麼還會回頭。

（父入，莉及弟皆肅然無聲。）

（父慢吞吞看鐘，對自己錶，搬椅在鐘下，撥時針為十一點半，再下來。）

父：莉莉，我問妳，那兒去了？

莉：去同學家。

父：怎麼到深更半夜回來？

莉：同學的母親病了，我幫忙照顧——

父猛拍桌面。

父：胡說！妳還敢騙我！

莉：我沒有騙爸爸。

父：「我問妳」妳要直說，妳到底在幹什麼？

莉：我…我在研究…研究功課。

父：妳謊話連篇，我告訴妳，妳做的事，我全知道了。

莉：我沒有做什麼。

父：妳是不是在地下舞蹈社跳舞？

莉：不是。

（父來回走動後坐下。）

父：把妳的鞋子脫下來。

莉：做什麼嘛！

父：脫下，不要多問。

（莉脫下一隻鞋看父徵求意見，又脫下一隻。）

父：明德！

弟：有！

父：拿裁紙刀來！

（弟從抽屜內取鉛筆刀，雙手給父。）

（莉怯退至牆根。）

（父用刀刮莉鞋底。）

父：不給妳證據，諒妳不會心服口服。

（父舉刀鋒追問莉。）

父：妳看這是什麼？

莉：我……我不知道。

父：這是打在地板上的蠟，你沒跳舞，那兒來的蠟，黏在鞋底上？

莉：（服輸地）爸！

父：妳還有什麼好狡辯的！

莉：我⋯我是偶然跳一次。

（父摜鞋在地上。）

父：胡說！妳一有空就偷偷去跳，還以為我不知道，我正要報告派出所，取締那個害人的舞蹈社。

莉：爸聽誰說的？

父：妳以為紙包得住火，就一直欺騙著我，明地裡去念書，暗地裡去跳舞，那兒像萬家的女兒？明德！

（父把刀拍在桌上。）

弟：有！

父：替我打她一個耳光！

（弟搓手嘻嘻哈哈。）

弟：我⋯⋯我那兒敢⋯⋯敢打？

父：爸爸叫你打，你就替爸爸打，知道不知道，不是你打，是替我打。

（弟躊躇望姐再看父，嬉笑地向半空虛擊幾掌。）

父：快點！

（弟突摑姐耳光。）

（莉雙手捧皮包摀臉大哭。）

（母衝入。）

母：怎麼回事？

莉：弟弟打我耳光，我受不了啦！

弟：爸爸叫我打的。

（母對明德指指戳戳訓下。）

母：明德！你這麼大了，還不懂事，爸爸的氣話怎能稱數，你怎麼居然當真？

弟：我⋯⋯我不知道，我不是故意的！⋯⋯我不是故意的！

（弟哭聲衝入房內。）

（母轉身慰莉。）

母：莉莉，不要哭，這完全是弟弟不知好歹輕重，我明天再罵他！

父：妳這媽媽怎麼還庇護她，她丟人現世，樣樣不爭氣，不打不成材，不打不知道羞恥！

（莉擰皮包赤腳跳出。）

（鏡莉莉的赤走。）

母：莉莉！莉莉！莉莉怎麼又出去啦！——明德！

（弟弟由內出。）

弟：媽！

母：快出去找姊姊回來。

（弟弟欲出門，被爸爸叫住。）

父：不許找，她要走讓她走，我有個好兒子就夠了！

（明德非常為難的表情。）

第六場

場景：B——舞蹈社。

時間：接前場。

人物：趙、陶、莉。

（趙坐椅子上翹腿在桌上，抽菸噴霧。）

趙：（唱）在寂寞的旅途中……

（陶捧帽盒鞋盒入。）

陶：右杰，你看怎麼樣？（看頭上新帽）

趙：（吹口哨，不理）（情旅）

（陶放下鞋帽盒。）

陶：問你，怎麼不吭氣？

趙：你問我什麼？

陶：看我買的新帽子，是不是漂亮？

趙：漂——亮。哦—你買了新鞋新帽？

（陶脫帽，試穿新鞋。）

陶：買了又怎麼樣？

趙：當然很好，不過，我的呢？

陶：你的什麼，

（趙手心向上。）

趙：五百塊。

陶：五百塊！

趙：一個子兒也不能少。

陶：你天天向我拿，我那有這許多錢？

趙：你買新鞋、新帽、新衣服，錢就多了！

陶：那是為了應付環境，我能穿得像叫化子似的去上班！

趙：你穿戴得像公主，像皇后，總不能叫我餓肚皮！

陶：我替你填肚皮，究竟要填到那一天？

趙：（嬉笑）你把萬莉莉引上鈎，我再饒你。

（趙豎食指在唇邊。）

趙：噓！

（莉赤腳衝入。）

趙、陶：妳怎麼啦？

莉：我被我爸趕出來了。

陶：為什麼！

（鏡見鬧鐘。）

莉：都是這只鬧鐘害人，我回家太遲，爸要弟弟打我！我就連忙逃出來了！

趙：好極了！好極了！你逃得對！逃得好！

（陶看莉莉的赤腳。）

陶：你赤著腳跑出來的？

莉：嗯！

陶：路上碰見什麼人了沒有？

莉：碰見一個警察。

趙：什麼？你碰見警察？

陶：警察跟你說什麼了沒有？

莉：警察看看我，我連奔帶跑的來到這兒，心中才像一塊石頭落下，可是現在又緊張了！

趙：緊張什麼？

莉：我爸爸……我怕我爸爸……

（趙把菸蒂在菸灰缸捻死。）

趙：哈哈……現在何必再去想你爸爸呢？妳的爸爸太不開通了。

莉：我該怎麼辦？

趙：妳放心，一切有我！

陶：莉莉，妳不必緊張，有我跟趙先生照顧妳，妳什麼也不要想。

莉：那我怎麼好意思拖累你們？

陶：趙先生人好心好。很樂意幫助別人，妳以後不要見外就是了。

莉：那我真要謝謝！

趙：不必謝了，淑蓉，給莉莉找雙鞋！

（鏡見莉縮腳不好意思。）

莉：我就是這樣赤腳跑出來的，真不好意思！

（陶取盒中舊鞋。）

陶：妳試試我的鞋，看合不合腳？

（莉試穿一雙。）

莉：很合腳。

陶：站起來走走看。

（莉走動。）

莉：完全合適。

（趙擁莉作舞姿。）

趙：跳兩步看看。

（莉一手被握，一手抓皮包擱趙肩。）

莉：（推趙）沒有音樂。

（陶抓帽盒當鼓，用鞋敲帽盒，作「蓬恰恰」節奏。）

陶：這不是！

趙：一、二、三，一、二、三……

（兩人舞了幾步，莉急地推開趙。）

莉：我現在煩都煩死了，那有心腸跳舞。

陶：煩什麼？

莉：我今兒夜裡，住的地方還沒有。

陶：妳用不著煩，就住在這兒好了。

莉：你……你們呢？

陶：那不用妳擔心，有一次，妳對我說，妳讀書讀得膩死了，妳喜歡過新奇、冒險的生活，是不是？

莉：是啊！

陶：今兒夜裡，就讓妳獨個兒住在這兒，妳沒有一個人住過一幢房屋吧？

莉：沒有。

陶：妳今夜可以嘗嘗獨宿的滋味，不過，妳住在這兒，到深更半夜，聽到任何聲響，都不要開門。

莉：明兒呢？

趙：明兒會有更新奇、更冒險的生活等著妳，今兒安心的住下來吧！（向陶）淑蓉！我們走！

（趙挽陶手欲下。）

（忽又退回。）

陶：怎麼啦？

趙：外面好像有個警察！

（陶伸頭向外張望，又縮回來。）

陶：沒有！別疑神疑鬼。

趙：好，我們走！

（趙拉陶下。）

（莉莉獨坐茫然。）

第七場

場景：D——飯店一角。

時間：晚上。

人物：趙、陶、莉、弟、警察。

（趙持酒瓶為莉、陶倒酒。）

莉：不要給我倒酒，我已不能喝了。

趙：妳不是要嘗試新奇生活嗎？

莉：是啊！

趙：如果妳能喝醉了，就會像騰雲駕霧一樣，飄飄欲仙，那才新鮮哪！

（莉舉杯。）

莉：我已經騰雲駕霧了！

趙：妳乾了，會飄得更遠飛得更高。

（莉皺眉喝完。）

莉：我醉了，我真醉了！

（趙也喝完又為莉倒酒。）

趙：慶賀妳離開家庭，獨立生活，我們再乾一杯。

（趙為自己倒酒。）

莉：現在我頭重腳輕，好像是太空人跨上月球了。

趙：你離月球還遠得很，這樣半醉半醒最難過，真正醉了，妳才可以嘗到真正新奇的滋味。

陶：喝了這杯，就別讓她再喝了？

趙：當然。

陶：莉莉，妳就喝下去吧！

莉：我聽陶姐姐的話！

（莉無奈舉倒喝完。）

（趙又為莉倒酒。）

（莉舉杯不讓倒。）

趙：妳放下，倒滿，喝不喝那是另外一回事。

趙：我們三人共乾一杯，慶祝我們的前途光明！

（莉放下酒杯，趙倒滿。）

（陶從皮包中取鏡照自己面孔。）

陶：小趙！你講話怎麼不稱數！

趙：茶餘酒後的話，像是粉筆寫在黑板上的字，一邊寫一邊擦！

陶：我喝！莉莉別喝了。

趙：（不悅）莉莉是莉莉，妳是妳！

（莉手足不靈活，將皮包碰掉在地上，莉莉彎腰撿皮包，要跌倒，陶轉身伸手去扶。）

（趙迅速地取出紙包，把藥粉傾入莉杯中。）

（陶先回身，似乎已看到放藥粉。莉又坐下。）

趙：這絕對是最後一杯了！

莉：喝完這杯，我就回不去了。

趙：妳怕什麼？有我呢！還有陶姐姐。

（陶扶歪斜的莉，把自己的鏡子弄掉在地。）

陶：我也醉了。小趙！請你幫我把鏡子撿起來。

（趙彎腰撿鏡子。）

趙：（油嘴）有機會為小姐服務，當然是我

的光榮。

（陶趁趙彎腰時，互換趙及莉的酒杯。）

（趙遞鏡給陶。）

陶：看你服務熱心的份兒，我們三人共乾一杯。莉莉！

莉：好！陶姐姐教我喝，我就喝。

（三人同時乾杯。）

（趙又為三人倒酒。）

陶：你不要一股勁兒倒酒，你先去付帳！

趙：噢——你以為我付不出錢是吧？妳看！

（趙掏出一疊鈔票。）

陶：好吧！你把帳付清再說。

趙：好！我先去付帳！莉莉！妳不是喜歡冒險嗎？我替妳安排一個很有意思的節目，明天，我們到野外去露營，夠味吧？

陶：露營的事明天再說，你快去付帳……

（趙下。）

莉：（對陶）好像我還沒有真醉。

陶：妳如果真醉了，妳的麻煩可大了。

莉：什麼麻煩？

陶：妳不懂也好！

莉：有妳陶姐姐在旁邊，我就不會吃虧上當了。

陶：（鼻音）哼！

（趙歪歪斜斜上。）

趙：妳們倒沒有醉，我倒像喝醉了，妳說怪不怪！

陶：笑話！你是海量，怎麼會醉！

（趙伏桌睡。）

趙：真的，我真醉了！

陶：莉莉，我們走了。

莉：到那兒去？
陶：先離開這兒。
莉：（遲疑）那，趙先生怎麼辦？
陶：別管他！
（鏡見趙伏桌酣睡。）
（弟執獎券上，見趙伏桌驚異。）
弟：先生，買張獎券吧？
（弟搖趙肩。）
弟：明兒開獎，五十萬！
（趙不應。）
（弟下，遇警察進來。）
（警察打量弟後又仔細審視趙。）

第八場

場景：A——萬家客廳。
時間：接前場。
人物：父、母、弟。
（母翻莉抽屜，取出照相簿翻閱。）
（父從外入。）
父：太太！妳找什麼？
母：我在找莉莉的相片。
父：找莉莉相片幹麼？
母：拿她相片，去報館登尋人廣告啊！
（父踱步沉思。）
父：找到沒有。
（母打開一頁頁相簿。）
母：你看！這些都是莉莉的生活照，印在報紙上不合適，你有沒有打聽到莉莉消息。
父：還沒有。
母：你不要老是說「還沒有，還沒有」！年

紀輕輕的女孩子，在外邊沒有消息，總得想辦法呀！

父：唉！

（母舉照相簿擊桌面。）

母：你看，我們只有這麼一個女兒，你害得她好慘哪！

父：我本來是為她好！

母：你這一大把年紀，什麼事都想不通。那麼大的女孩子，不是打，就是罵，怎能不出岔子！

父：莉莉的性情，也是太倔強了，她應該體會父母「愛之深，責之切」的心理才對！

母：唉！

父：凡是我們家的親朋故舊，都去打聽過了，莉莉的朋友同學，也都查問過了，都說沒見莉莉的影子，我比妳還要心急啦！

（母摜照相簿在桌上。）

母：你也知道心急啊！

父：我為什麼不心急，莉莉是我的女兒，我是她爸爸！

母：我還以為你心裡祇有一個兒子哩！我問你，我們幾時打過明德，罵過明德？

（父在翻閱相簿。）

父：那是因為明德又用功又聽話！

母：可是，自從莉莉不見了，明德也時常不在家，在家也不安心做功課了。

父：對啊！一點兒沒有錯，我把注意力集中在找莉莉身上，把明德忽略了！明德現在哪兒去了？

母：不知道，他沒有跟我說，有沒有告訴

你？

（父也摜相簿。）

父：當然沒有，他早出晚歸，有點失神落魄的樣子！

母：照這樣說來，明德豈不是也變壞了！

父：一個莉莉找不回來已夠煩了，再加一個明德學壞，怎麼得了？怎麼得了！

（鏡見壁上相框。）

父：妳看！牆上相框裡照片，是不是可以拿去在報上刊登尋人啟事？

（母也仰頭走近。）

母：我把這張相片忘了，不過，這張照片印在報紙上嫌太大了。

父：不要緊，到照相館可以翻印，我們要多大，就洗多大。

（母想伸手去取相框，但搆不著。）

（父搬椅，站在椅上，右手取時，相框墮地，玻璃打破。）

（母撿破損相框，拼湊不成，變色。）

母：這不是好預兆，莉莉在外面，一定有麻煩了！

父：妳不要迷信好不好？

（父跳下椅子。）

母：我的女兒啊！妳到底在那裡！妳到底在哪裡啊！

父：哭什麼！煩死人了！

母：你是愈老愈糊塗，逼走了女兒，嚇走了兒子，你還我的女兒！交出我的兒子！

（母拉扯著父，二人纏成一團。）

父：這是那兒來的話，我幾時嚇過他們，逼過他們？

母：我不管，你還我的莉莉！還我的明德！

（明德悄悄上，提著書包，想掛在門後，但書包滑落地面，發出響聲。）

父：明德！

弟：爸爸！

（母鬆開父。）

父：你到那兒去了？

弟：沒……沒有，我去看場電影。

父：你真的看電影？

弟：真的。

父：電影票根呢？

弟：在書包裡。

父：拿出來給我看看！

（弟取書包，拿出長形鉛筆盒，找，沒有，又拿派司證尋找，還要在書本內找。）

父：沒有？

弟：大概丟掉了。

父：你也學會了胡說八道，我老早告訴過你，要去什麼地方，一定要先跟我講，你忘了沒有？

弟：沒有。

父：我老早也告訴過你，看電影，要把票根交給我看，你怎可以把票根丟掉！

弟：就是因為我太小心，一會兒擺在書裡，一會兒擺在派司套裡，所以才不知道擱在那兒去了！

父：你昨兒晚上到那裡去了？

弟：沒……沒有。

父：你前天下午去哪裡！

弟：沒……沒有去那裡！

（父取下掛的藤條，猛拍案面。）

父：你一定要把最近幾天的行動，老老實實

說出來！

弟：我……我記不清楚了！

父：趕快老老實實說，說一句謊話，我就打斷你的腿！

（父持藤條作責打狀。）

母：明德！快說實話啊，不要自討苦吃。

（母攔在父前。）

（弟仍躊躇。）

母：志剛啊！你也不要太性急。別忘了，莉莉還沒找回來呢！

父：那麼，你要說實話。

母：你快說吧！

弟：這幾天，我在到處找姐姐！

父母：真的？

弟：我為什麼要騙人？姐姐是被我打了一耳光，才跑出去。她不回家，我的心裡很難過。

（父摜藤條在桌上。）

父母：找到姐姐了沒有？

弟：現在還沒有。

父：這是一件大事情，小孩子怎麼辦得了！從明天起，你不要出去找了。

弟：爸爸！

父：別再說了，去吃飯吧！

第九場

場景：C——郊外帳篷

時間：晚上

人物：莉、陶、趙

（草地上，樹林外，一個架好了的帳篷。觀眾祇能看帳篷的外表，不見帳內。莉在帳篷外檢查帳篷繩索，陶從篷頂和篷牆的接縫中伸出頭來。）

陶：莉莉，右面的繩索太鬆了，你收得緊一點！

（莉走至右邊扯索。）

莉：我拉不動，妳出來幫一幫忙！

陶：你真是大小姐，什麼都不會做。

（莉仍在抽動繩索。）

（陶從帳篷內走出，幫忙扯緊繩索。）

陶：妳沒有參加過露營？

莉：我的運氣不好。

陶：怎會怪運氣？

莉：有一次，我跟同學計畫好了去露營，可是我突然得了重感冒，眼巴巴的看別人興高采烈的去，興高采烈的回來。

陶：那時候年紀小，出外露營的人又多，嘻嘻哈哈的，也沒有多大趣味，像我們現在這樣，才叫挺別致。

莉：可是，我什麼都不會做，如果是我一個人，在野外求生，準會餓死。

陶：才不會呢！人被綑起來，就挨得住打，真的輪到妳獨自求生，妳就會自己想辦法找到地方住，找到東西吃了！

莉：那我得跟陶姐姐學。

陶：不必客氣，繩索已拉緊了，我們去找樹枝來，插在帳篷門口。

莉：那幹什麼？

陶：樹枝被風吹得擺來擺去，可以嚇唬嚇唬小動物。

莉：如果門前有垂柳，就像個村野人家了。

陶：妳到底是個書呆子！

（陶、莉二人到帳篷後，隱沒。）

（趙入景，左右看看無人，鑽進帳篷內。）

（陶、莉二人拿著樹枝走回，在門口擺掛，趙在帳內伸出頭來。）

（陶、莉二人大驚欲倒。）

陶：你這個冒失鬼！在裡頭幹什麼？

趙：我來陪妳們呀！

陶：誰希罕，你滾出來！

（趙縮頭進帳篷內。）

陶：出來！聽見沒有？

莉：趙先生，我們就是想體會獨自露營的經驗，人多了，就沒有意思了。

（趙在內不理。）

（陶與莉二人面面相覷。）

陶：小趙，警察來了！

（趙急出帳，四望。）

（陶、莉持樹枝進入帳內。）

（趙見沒有警察，知受騙，又想進帳篷，陶和莉以手中的樹枝作武器，抵抗其入內。）

（趙在帳外蹀躞，從袋內摸出一條玩具蛇，在手中揮弄一會兒，把蛇頭慢慢放進篷隙，在外搖動剩下的半截。）

（莉衝出。）

莉：蛇啊！一條蛇！

（陶跟著出來。）

陶：在那兒？

莉：在……在……（說不出話來）

（陶、莉二人戰戰兢兢，察看帳篷四周地面。看到了什麼東西，大驚，急退，互相拉住對方。）

趙：哈哈哈，妳們嚇著了是不是？

陶：你難道不怕？

趙：我怕什麼！妳們膽小，今夜我要在這兒陪妳們。

（趙往篷中鑽，陶拉住他不讓進。）

（莉幫忙阻止，正拉扯間，莉莉打了個噴嚏。）

莉：我感冒了。

趙：感冒不要緊，進帳篷大家擠在一起就暖和了！

莉：我怕風，我要回去了！

趙：還沒來到呢，怎麼又要走？

莉：我回去，不想露營了！

趙：不行！妳不能回去！

陶：小趙，去你的！莉莉，妳真想回去？

莉：我的頭好痛。

陶：好，我們走！

（陶與莉收拾東西。）

（趙一旁想計策。）

第十場

場景：A——萬家客廳。

時間：下午。

人物：父、母、弟。

母：求上天保佑莉莉，平平安安回來，全家團圓，謝天謝地。

（母跪地雙手合十拜。）

（弟伏書桌做功課，口中念念有詞。）

弟：……

（母突起立指弟。）

母：現在你念什麼書，你姐姐沒有找回來，你還有心情念書！

（弟起立。）

弟：爸爸說的——

母：爸爸又怎麼說啊！你現在不要聽爸爸那一套了，你姐姐找到了再說！

（父入。）

父：明德！

弟：爸！

父：你今兒再出去找找看。

弟：去那兒找？

父：凡是莉莉去過的，或是可能要去的地方，你都去跑一趟。

弟：爸，我都去過了。

父：再去！

弟：就是我找到了姐姐，她也不肯跟我回家！

父：為什麼？

弟：她怕爸爸還要責罰她啊！

（父拍額。）

父：這個，這個……

母：你想明白了吧？

父：這個我有辦法。

母：你怎麼辦？

父：我寫一封信，交給明德帶著，莉莉看了我的信就會明白。

母：你就快寫吧！

（父坐下，執筆寫字。）

父：OS：「莉莉，快回家吧，爸爸想妳！」

（淡入。）

第十一場

場景：C——郊外帳篷。
時間：下午。
人物：弟、陶。

（弟在帳篷外徘徊，繞了一周，拿起樹枝舞動，又用樹枝敲擊篷門。）
（側耳諦聽。）
（弟掀門進入帳篷。）
（鏡見篷幕凸出又凹進地被人鼓動。）
（弟忽逃出，似甚恐怖。）
（稍停，弟恍然大悟，從地上拾起那條玩具蛇，把玩思索。）
（警察入景，不說話，在旁觀察明德。）

第十二場

場景：B——舞蹈社。
時間：晚上。
人物：莉、陶、趙、警察。

（莉躺床上，額紮毛巾，轉側呻吟。）
（陶入。）
陶：莉莉，好點沒有？
莉：哼，唔……
（陶拿開莉額頭毛巾，摸額。）
陶：啊！妳燒得更厲害了，應該去看醫生。
莉：不要緊，我以前也得過感冒，休息休息就好了！
（陶取毛巾浸濕放在她額頭。）
陶：妳想要吃什麼？

莉：我想吃……蓮子湯。

陶：大小姐，那兒去找蓮子湯啊？妳在什麼地方吃過蓮子湯？

莉：在家裡，我媽常做給我吃。

陶：（猶豫）妳想家是不是？

莉：（不語，只呻吟。）

陶：現在我沒有辦法做蓮子湯，先倒杯開水妳喝吧，多喝水對感冒是有好處的。

（陶倒水扶莉喝兩口，莉又躺下，呻吟。）

陶：莉莉，說老實話，想家是不是？

莉：（呻吟代答應。）

（陶坐在床邊陪伴。）

陶：那就回家好了！

莉：不行！

陶：我送妳回去！

莉：我怕我爸爸！

陶：怕什麼！爸爸到底是爸爸，再說，還有媽媽呢！妳想不想媽媽？自從妳來了以後，我天天想我的媽媽，因為我看見妳，想起從前的我，可是，從前的我，過去了，不會再回來，現在的妳，妳還可以保住，讓它不要失去。

莉：陶姐姐，你為什麼不回家？

陶：我？誰說我不回家？我是要回去的，終有一天，我可以回去！

莉：那一天？

陶：趙右杰死了的那一天！陶淑蓉活了的那一天！

莉：陶姐姐，妳在說什麼？

陶：我在說，小趙該死！

莉：陶姐姐，託妳一件事情好不好？

陶：妳儘管說。

莉：請妳跑一趟，告訴我母親，就說我病了。

（趙入。）

趙：莉莉，好點沒有？

莉：沒有。

陶：還是燒得很厲害，是重感冒。

（趙從懷中袋內取藥包出。）

趙：不要緊，我帶來了感冒藥，她一吃就好。

（陶搶來藥用力拋在地上。）

陶：莉莉病死了，也不吃你買的藥！

趙：嘖嘖，嘖嘖！這叫好心沒有好報，她不吃我買的藥，那麼，現在妳去買藥給她吃吧！

陶：你要跟我一道兒去買。

趙：何必呢，我在這兒照顧病人。

陶：莉莉不要你照顧。

莉：我不要照顧，休息一會兒便好了！

趙：好，好，好。我跟妳一起去買藥。

（趙、陶下。）

（一會兒趙又獨自閃入。）

莉：趙先生，你怎麼回來了，陶姐姐呢？

趙：她去買藥，我不放心妳一個人躺在這兒。

（趙拿去額角毛巾，摸莉莉額角，又摸面頰、下顎。）

趙：妳發一點燒，臉上紅紅白白的，比以前更漂亮了，這叫病美人，哈哈！

（莉軟弱的伸手擋趙手。）

（趙抓住她的手，裸露的手臂在被子外。）

趙：妳的手臂又圓又滑，真是人見人愛。

（莉摔不脫趙的掌握。）

莉：趙先生，請你放莊重一點，陶姐姐馬上回來。

趙：妳那位陶姐姐，成天吃飛醋，趁她不在，我們好好親熱親熱。

（趙猛掀開棉被，但還有一床棉被蓋著。）

莉：你怎麼是這種人！

趙：我這種人有什麼不好。

莉：你在這時候，欺侮我這病人。

趙：這不是欺侮，是安慰，你離開家，太寂寞了，我要好好安慰妳。

（趙又猛掀另一條棉被拋地上，但莉仍舊裹著一床棉被。）

（莉莉掙扎，但爬不起來。）

莉：我現在才認清你的真面目。

趙：認清了，妳就知道我是多麼愛妳，多麼疼妳，妳和我在一起不會吃虧的！

（趙又猛揭第三條棉被，露出被子下的莉莉。）

（莉莉迅捷往床邊滾到床與牆壁之間的地上。）

（床和壁間有一人寬的空隙，這時，觀眾祇見床，不見莉莉了。）

（趙爬上床，伸手在床和牆壁空隙往下摸索。）

（床之另一邊，莉莉伸頭在床外的床單下。）

（趙越過床，從莉莉滾下的地方滾下去。）

（莉扯床單裹自己身體，滾出床底外。）

（趙從床底下跟著爬出來。）

趙：莉莉，妳該乖乖的聽我的，妳逃不掉的。

莉：你不應該這樣欺侮我，我病得這樣厲害，你應該有良心。

趙：機會難得，我今兒絕不放過妳。

（趙雙手拉床單，因床單裏的層數太多，莉莉順勢骨碌碌往前滾。）

（趙匍匐著撲向莉。）

（陶衝入。）

陶：莉莉，莉莉，妳怎麼啦！好，小趙，趙右杰！你這天打雷劈的壞蛋！

（陶與趙扭成一團。）

趙：妳！妳！這是怎麼啦？淑蓉咱們是一條船上的人呀！淑蓉！咱們是一條船上的人呀！

（莉在旁，用被單裹自己，邊裹邊站起，在牆角喘息。）

陶：（指趙）你這個賊，你這條賊船！

（趙打陶一耳光。）

（陶與趙扭作一團。）

（趙猛力推陶，陶後退數步，要跌倒被另一個男人接住。）

（這個由外而進來的男人，正是萬父。）

（跟著萬父身後邊的，是明德，明德見姐，撲向莉莉身邊。）

弟：姐姐！

（莉莉看見爸爸，來不及顧弟弟，衝向爸爸。）

莉：爸爸！

（萬父抱住女兒。）

父：莉莉，明德！走！咱們回家！

（明德欲回爸爸身邊，被趙捉住。）

趙：慢一點！回家？沒那麼便宜！你憑什麼帶她回家？

父：她是我女兒！

趙：你女兒在這裡吃，在這裡穿，在這裡睡，你先拿錢來再帶人！

父：多少錢？

趙：便宜你，一萬塊吧！

父：這會兒那有錢給你？明天到我家去拿好了！明德，過來，咱們走！

（明德欲奔向父，被趙掐住脖子。）

弟：（叫痛）

父：你放手！

趙：放手？可以，你也放手，你放錢，我放人。

父：現在那有那麼多錢拿出來？

趙：你開一張借條給我也行。

父：我憑什麼開借條給你？

趙：就憑這個！

（趙用力掐明德的脖子，明德表情痛苦。）

父：好了，好了，你放開！

趙：你先寫借條。

父：我寫，我寫，你先放人。

趙：不，你先寫。

（父望望每一個人。）

父：誰有紙？那裡有紙？

（鏡照每一人，最後赫然照著那個警察。警察屹立，怒目視趙，一言不發，趙甚懼怕，雙手從明德脖子間緩緩放開。）

（警察走向趙，取出手銬。）

第十三場

場景：A——萬家客廳。
時間：早上。
人物：莉、父、母、弟。
（父看報紙，吸菸斗悠然自得。）
（母織毛衣。）
（弟正在用功。）
（莉坐在書桌旁，桌上那一個大紙團猶在，她仔細的打開紙團，將標語一個個展開，壓平，再用圖釘釘在牆上，弟弟過來幫忙。姐弟二人合貼標語，鏡見「少壯不努力，老大徒傷悲」……等。）

——一九七一年三月十四日十七點
中國電視公司播出

特載：

我是笨人做笨事

——九歌創辦人蔡文甫用心護守台灣文學

彭蕙仙

「我是笨人做笨事啊，」帶著濃濃鄉音的九歌出版集團創辦人蔡文甫給自己三十一年的出版事業下了這麼個註腳：「出版只是個工具，我想做的是透過出版鞏固台灣文學。」

文學五小風華已逝

在文學出版還是「印一本賺一本」的一九七〇年代，台灣出現了所謂的「文學五小」，也就是五家專門出版文學書籍的出版社：純文學、大地、洪範、爾雅和九歌。那時台灣文壇流行兩句話說：「文章發表要上兩大，出版則要找五小。」兩大是指大報，當年的《中國時報》和《聯合報》副刊對一位作家的崛起有極大的影響力；三十餘年後，前三家出版社歇業或淡出了，文學出版業進入了爾雅創辦人隱地所說的「讀者早已失蹤了，而我竟然還在寫。」（見隱地著《遺忘與備忘》）的慘澹年代，蔡文甫也說「出版早已是苦撐的行業；我一直在撐。」

但是在大崩壞的趨勢裡，九歌還算是有元氣的，九歌辦了十七年的少兒文學獎（前身為兒童文學獎），接手舉辦的梁實秋文學獎都還在繼續著，去年還推出了華人地區獎金最高的「九歌兩百萬元文學獎」，九歌成為目前台灣唯一結合「文學獎」與「出版」的民間出版社，蔡文甫說，辦文學獎而不出版得獎的書，文學獎就很難持續，「再說，既然有人那麼認真的寫、認真的參與比賽又得了獎，也該出版專書鼓勵一下。」

九歌每年循例舉辦的文學獎要花上百萬的錢，比九歌賺錢、比九歌規模更大的出版集團，甚至於媒體都不敢再舉辦這樣的文學獎，蔡文甫的勇氣是從哪裡來的？他說，在台灣《小王子》有一百八十多個版本、《格林童話》有一百多個版本、《安徒生童話》有八十多個版本，「但是本土的童話有多少本？」他感慨，這幾百本的外國童話也許有些翻譯得比較好、有些插圖比較漂亮，不過，究竟為什麼「台灣需要有這麼多版本的《小王子》、《格林童話》呢？」

蔡文甫擔心「台灣的孩子只能讀翻譯的童話長大。」因此在一九九二年，從《中華日報》退休時，把報社給他的退休金和九歌的流動資金拿來創辦了九歌文教基金會，並以基金會名義舉辦兒童文學獎，鼓勵本土創作兒童文學。蔡文甫說，日本有個傳統是每個成名的作家都會為兒童寫一部作品，所以可以說每個日本作家都是兒童文學作家，「因為有這種向下扎根的努力和責任感，日本文壇才會擁有如此生生不息的創作力量。」蔡文甫甚至認為這是為什麼「日本可以出兩個諾貝爾文學獎得主的理由。」他屢屢呼籲台灣文學界要多注意少兒文學「已經被翻譯書攻占」的緊急狀態，要趕快用各種方式搶救台灣孩子的閱讀主導權。

從二〇〇三年起，九歌出版年度童話選，也開始出版名家「童話列車」。九歌除少兒文學獎外，童話方面也不想缺席。

力抗少兒文學翻譯書洪流

蔡文甫認為，只要有心、願意努力都來得及，「以前國際上誰知道韓國的繪本書?亞洲金融風暴後，韓國全力發展文創產業，如今韓國繪本已是各大書展國際版權交易的主角。」蔡文甫說，連台灣的書店都充滿了韓國繪本書；不到十年的時間，韓國已成了繪本大國，與動漫大國日本分庭抗禮，「少兒文學在台灣實在太不受重視了。」」儘管舉辦少兒文學獎、出版得獎書，九歌得到的外界資源並不多，但他欣慰「在少兒文學這塊領域，九歌算是先驅。」蔡文甫說，很高興辛苦耕耘了將近二十年，九歌少兒文學獎成了很多有心於兒童文學創作，甚至一般創作的人會想來「磨練的地方」；現在台灣檯面上的少兒文學創作者「幾乎都出身九歌的這個獎。」去年開始有劇團把九歌少兒文學獎的得獎作品改編成劇本演出，讓文學有了立體化的生命，可以被更多人認識。

蔡文甫比較不擔心少兒文學獎，但「梁實秋文學獎」還能繼續辦多久，他也不免有所疑慮。梁實秋文學獎是國內第一個以作家為名的文學獎，獎項類別包含散文創作及翻譯兩大部分，是台灣目前唯一的翻譯獎，持續至今已二十二屆了；因為辦獎財務負擔沉重，原來的主辦單位《中華日報》無法繼續，蔡文甫不忍這麼優質、有傳統的文學獎中斷，因此以九歌基金會的名義接辦；雖說「辦文學獎的目的本來也不在賺錢。」但做為一家民間出版社，在出版景氣如此低迷的年代，出版本業獲利已極為有限，蔡文甫說也不知道還有多少力量可以一年一年辦下去；早年他為創辦梁實秋文學獎四處爭取企業界贊助，不過，「沒有得到回響。」

蔡文甫經營九歌有三大宗旨，第一是「尊重名作家」，大家想得到的早期作家幾乎在九歌都有出書，當年就連自己有出版社的林海音都在蔡文甫的不斷邀約下，成了九歌的作者，「算算，九歌出過十位大學校長、十四位文學院院長的書。」蔡文甫對老作家是出了名的關懷，九歌基金會推薦過七十多位資深作家向文建會申請急難補助，此外，蔡文甫還經常探望他們、幫忙整理作品；台灣沒有任何一家出版社對資深作家如此用心。

鼓勵本土創作

第二個宗旨是「發掘新作家、鼓勵創作」，持續舉辦文學獎是其一，出版本土創作者作品是其二，例如，朱少麟的《傷心咖啡店之歌》遭多家出版社拒絕後，蔡文甫慧眼留住，出版後造成狂飆旋風，成為台灣出版界上個世紀末的傳奇之一。

九歌的第三大努力目標是「保存文學史料」。為紀念五四運動七十周年，九歌在一九八九年出版了《中華現代文學大系㈠——台灣一九七〇～一九八九》，選出台灣詩、散文、小說、戲劇、評論等作品，共五卷、十五鉅冊。二〇〇三年出版《中華現代文學大系㈡——台灣一九八九～二〇〇三》，一套共十二鉅冊。蔡文甫表示，文學大系是為作家留下好作品，也為台灣文學留下歷史紀錄；陳芳明曾說，隨著時間的流逝，或許很多作家的作品會慢慢不見，但文學大系會留下來，成為研究者和讀者的重要資源。

蔡文甫計畫每二十年出版一套文學大系，但出版這樣的書，「耗費時間也耗費金錢。」大系㈠賣了四千套，沒虧本，大系㈡只賣了一千五百套，就不敷成本了，「大系㈢還會出版嗎？那時我都超過九十歲了。」儘管出版這種大部頭史料型的書籍非常吃力，但蔡文甫卻說不適合官方出版，也不宜用官方資源，「因為取捨之間爭議太多，說不定根本編不出來。」他堅持：「還是讓我們自己想想辦法，看怎麼樣繼續做下去吧。」謙稱自己是「天生的凡夫俗子」的蔡文甫說：「現在還心有餘力就多做點事，以後怎樣以後再講。」

——原載二〇〇九年十二月號《新活水》雙月刊二十七期

F1034	九十七年小說選（小說）	季　季編	300元
F1035	先說愛的人，怎麼可以先放手（散文）	廖輝英著	240元
F1036	等待（散文）	何寄澎著	250元
F1037	或許，與愛無關（小說）	袁瓊瓊著	250元
F1038	邊界（新詩）	陳義芝著	230元
F1039	收藏的雅趣（散文）	漢寶德著	320元
F1040	在矽谷喝 Java 咖啡（散文）	陳漢平著	250元
F1041	弄堂裡的白馬（附朗讀 CD）（小說）	王安憶著	260元
F1042	我這溫柔的廚娘（散文）	虹　影著	250元
F1043	推拿（小說）	畢飛宇著	280元
F1044	一束樂音（新詩） ——語蕊	張菱舲著	280元
F1045	司馬中原笑談人生（散文）	司馬中原著	240元
F1047	台灣觀點：書話東西文學地圖（評論）	李奭學著	270元
F1048	管簫二重奏：禪意畫情（新詩）	管管、蕭蕭著	200元
F1049	春光關不住（小說）	張瀛太著	210元
F1050	好兒女花（小說）	虹　影著	350元
F1051	門內的父親（散文）	徐嘉澤著	230元
F1052	憶春臺舊友（散文）	彭　歌著	200元
F1053	親愛練習（小說）	張耀仁著	280元
F1054	司馬中原鬼靈經（散文）	司馬中原著	250元
F1055	人間異色之感官胡亂推理事件簿（小說）	成英姝著	280元
F1056	九十八年散文選（散文）	張曼娟編	360元
F1057	九十八年小說選（小說）	駱以軍編	320元

◎定價如有調整，請以各該書新版版權頁定價為準。

◎購書方法：

- 單冊郵購八五折，大量訂購，另有優待辦法。
- 如以信用卡購書，請電（或傳真 02-25789205）索信用卡購書單。
- 網路訂購：九歌文學網：www.chiuko.com.tw
- 郵政劃撥：0112295-1　九歌出版社有限公司
- 電洽客服部：02-25776564 分機 9

F1006	我這人話多：導演講故事（散文）	王正方著	230元
F1007	李順大造屋（小說）	高曉聲著	280元
F1008	除了野薑花，沒人在家（新詩）	李進文著	250元
F1009	我將如何記憶你（散文）	宇文正著	220元
F1010	九十六年散文選（散文）	林文義編	380元
F1011	九十六年小說選（小說）	李　昂編	250元
F1012	天藾（新詩）	張菱舲著	220元
F1013	花朵的究竟（散文）	硯　香著	300元
F1014	書話中國與世界小說（評論）	李奭學著	250元
F1015	舞女生涯原是夢（小說）	鍾　虹著	260元
F1016	在歐洲天空下（散文） ——旅歐華文作家文選	丘彥明編	260元
F1017	西洋文學關鍵閱讀（散文）	謝鵬雄著	250元
F1018	月光照不回的路（散文）	辛金順著	210元
F1019	燕尾與馬背的燦爛時光（新詩）	歐陽燕柏著	180元
F1020	閃亮的生命（散文） ——10個不向命運屈服的故事	蔡文甫編	230元
F1021	創造奇蹟的人：閃亮的生命2（散文）	蔡澤松編	240元
F1022	九歌繞樑30年（社史） ——見證台灣文學1978～2008	汪淑珍著	200元
F1023	詩歌天保（評論） ——余光中教授八十壽慶專集	蘇其康編	360元
F1024	30年後的世界（散文）	封德屏編	240元
F1025	在夜雨中素描（新詩）	王　丹著	200元
F1026	追求成長的十堂課（散文）	朱　炎著	210元
F1027	小林的桃花源（小說）	康芸薇著	230元
F1028	公務員快意人生（散文）	王壽來著	230元
F1029	流動的美感（散文）	黃光男著	260元
F1030	跣足舞者（新詩） ——綸音	張菱舲著	230元
F1031	天使補習班（散文）	游乾桂著	250元
F1032	青春一條街（散文）	周芬伶著	240元
F1033	九十七年散文選（散文）	周芬伶編	350元

F⑺④	那一夜，與文學巨人對話（散文）	張純瑛著	220 元
F775	效法蕭伯納幽默（散文）	沈　謙著	260 元
F776	大食人間煙火（散文）	廖玉蕙著	240 元
F777	移動觀點：藝術‧空間‧生活（散文）	邱坤良著	300 元
F778	上海魔術師（小說）	虹　影著	280 元
F779	飄著細雪的下午（文集）	趙民德著	260 元
F780	朔　望（新詩）	張菱舲著	230 元
F781	九十五年散文選（散文）	蕭　蕭編	350 元
F782	九十五年小說選（小說）	郝譽翔編	320 元
F783	酒入愁腸總成淚（散文）	朱　炎著	250 元
F784	一次搞丟兩個總統（散文）	馮寄台著	260 元
F785	風弦（新詩）	張菱舲著	250 元
F786	莊子的蝴蝶起飛後（評論） ——文學再定位	黃國彬著	220 元
F787	男人的風格（小說）	張賢亮著	300 元
F788	慢活人生（散文）	白　靈著	200 元
F789	平原（小說）	畢飛宇著	320 元
F790	自由的翅膀（散文）	龔鵬程著	220 元
F791	王丹看美國的人文與自由（散文）	王　丹著	220 元
F792	獨釣空濛（新詩）	張　默著	350 元
F793	巧婦（小說）	南　郭著	280 元
F794	斷掌順娘（小說）	彭小妍著	200 元
F795	穿過一樹的夜光（散文）	楊錦郁著	200 元
F796	熊兒悄聲對我說（小說）	張瀛太著	220 元
F797	張愛玲的文字世界（散文）	劉紹銘著	230 元
F798	人生的探索與選擇（散文）	孫　震著	260 元
F799	跳舞男女：我的幸福學校（散文）	邱坤良著	320 元
F800	戀戀九號宿舍（散文）	羅文森著	250 元
F1001	師友‧文章（散文）	吳魯芹著	250 元
F1002	火鳳燎原的午後（散文）	陳大為著	200 元
F1003	沉靜的老虎（新詩）	虹　影著	200 元
F1004	尋回失落的美感（散文）	韓　秀著	240 元
F1005	幕永不落下（附有聲書）（散文）	李家同著	（平）280 元 （精）350 元

蔡文甫作品集⑬

成長的故事

著　　者：蔡　文　甫
責任編輯：胡　琬　瑜
發 行 人：蔡　文　甫
發 行 所：九歌出版社有限公司
臺北市八德路3段12巷57弄40號
電話／02-25776564・傳真／02-25789205
郵政劃撥／0112295-1
九歌文學網：www.chiuko.com.tw
登 記 證：行政院新聞局局版臺業字第1738號
法律顧問：龍躍天律師・蕭雄淋律師・董安丹律師
初　　版：2010（民國99）年3月10日

定　價：250元

ISBN：978-957-444-671-1　Printed in Taiwan
書號：LJ013

國家圖書館出版品預行編目資料

成長的故事 / 蔡文甫著. -- 初版. --
臺北市：九歌, 民99.03
面； 公分. --（蔡文甫作品集；13）
ISBN 978-957-444-671-1（平裝）

848.6 99001975